La collection
ROMANICHELS POCHE
est dirigée par
André Vanasse

Dans la même collection

L'iguane

Du même auteur

L'iguane, XYZ éditeur, coll. « Romanichels », 2001.
- Prix France-Québec Jean-Hamelin 2001..
- Prix Anne-Hébert 2001.
- Prix Odyssée 2002.

Denis Thériault

L'iguane

roman

La publication de cet ouvrage a été rendue possible grâce à l'aide financière du ministère du Patrimoine canadien par l'entremise du Programme d'aide au développement de l'industrie de l'édition (PADIÉ), du Conseil des Arts du Canada (CAC), du ministère de la Culture et des Communications du Québec (MCCQ) et de la Société de développement des entreprises culturelles (SODEC).

XYZ éditeur
1781, rue Saint-Hubert
Montréal (Québec)
H2L 3Z1
Téléphone : 514.525.21.70
Télécopieur : 514.525.75.37
Courriel : info@xyzedit.qc.ca
Site Internet : www.xyzedit.qc.ca

et

Denis Thériault

Dépôt légal : 3ᵉ trimestre 2003
Bibliothèque nationale du Canada
Bibliothèque nationale du Québec
ISBN 2-89261-381-7

Distribution en librairie :

Au Canada :	En Europe :
Dimedia inc.	D.E.Q.
539, boulevard Lebeau	30, rue Gay-Lussac
Ville Saint-Laurent (Québec)	75005 Paris, France
H4N 1S2	Téléphone : 1.43.54.49.02
Téléphone : 514.336.39.41	Télécopieur : 1.43.54.39.15
Télécopieur : 514.331.39.16	Courriel : liquebec@noos.fr
Courriel : general@dimedia.qc.ca	

Conception typographique et montage : Édiscript enr.
Maquette de la couverture : Zirval Design
Illustration de la couverture : Giuseppe Arcimboldo, *L'Acqua*, 1566

À Hélène et Camille, sans qui j'errerais.

Un

Au cours d'une plongée profonde, il arrive qu'une impression d'euphorie assez proche de l'ivresse se manifeste. Connu sous le nom d'« ivresse des profondeurs », ce phénomène découle de l'effet narcotique des gaz inertes sur le système nerveux, du fait de l'augmentation de la pression.

Elles surgissent du levant, les mouettes, et s'assemblent en grappes grouillantes sur toutes les arêtes de toiture pour se lamenter en chœur. Elles s'appellent, se répondent, s'excitent les unes les autres, elles poussent des cris de sorcières au sabbat, et comme ma chambre est en haut, sous les combles, je peux les entendre piétiner. On croirait qu'un bataillon de gnomes manœuvre sur ma tête. À la fenêtre, je les vois alignées sur le faîte de la remise comme des quilles vivantes. Parfois il y en a tellement qu'on se croirait dans un vieux film d'oiseaux fâchés, mais contrairement à ce qui se passe à Hollywood, nos mouettes à nous restent inoffensives. Aucun risque de prendre un coup de bec sur le coin de la calotte. Même le bac à ordures ne les intéresse pas. C'est ainsi chaque matin. On se demande ce qui peut nous valoir cette aurorale assiduité.

Moi, les mouettes, je n'ai rien contre, mais leurs discordantes aubades irritent Grand-père. Ça le réveille, lui qui fait de ses grasses matinées une tradition. Il sort en pyjama et tente de disperser les palmipèdes effrontés en les bombardant de cailloux, mais il manque de visou et ne parvient qu'à amplifier le concert des protestations outragées, quand il ne casse pas un carreau. S'il n'en tenait qu'à lui, il ferait un carnage des désobligeants volatiles avec sa winchester, mais Grand-mère cache les balles. Elle refuse d'assister à un tel massacre d'oiseaux innocents, alors nous endurons les clameurs des mouettes jusqu'à ce qu'elles finissent par s'écœurer elles-mêmes, aux alentours de sept heures, et s'envolent tout à coup à l'unisson.

Au fond, ça fait mon affaire, cette agitation, ces levers précoces. Ça écarte la nuit et ses gelées de frousse. Ça permet de déguster chaque matin de mai, de boire au bec cette clarté spéciale qu'il y a aux franges du ciel très tôt, le printemps. À l'heure des mouettes, je descends sur la grève jusqu'au chuintement cathodique des eaux lourdes de sommeil. J'aime voir l'horizon s'atomiser quand l'enjambe un soleil flambant neuf, tout fier de renaître encore au terme du ténébreux périple. C'est le moment d'enquêter sur le cas de la nuit sousmarine et de découvrir les indices, surprises simples, mortes parfois, que lègue la marée. L'autre jour, devant chez Mme Papet, on a trouvé un requin échoué, un pèlerin long comme une maison, avec une gueule assez vaste pour m'avaler tout rond sans même s'en rendre compte, comme du plancton. Les hommes se grattaient la tête devant cet énorme cadavre. On se disputait, on se demandait qu'en faire ; on ne pouvait pas le laisser là à cause de l'embarras évident, et aussi de l'odeur qui déjà commençait à sourdre. Alors qu'on commençait à le découper à la tronçonneuse, des types de Pêche et Océans ont retonti, venant constater ce naufrage à sec. Ils ont arrêté les travaux et pris des photos comme des inspecteurs de police. Il ne manquait que le cordon constabulaire, ce truc jaune qu'ils mettent pour décorer le crime. J'ai cru qu'ils allaient prendre nos empreintes, tant qu'à faire, mais finalement non ; nous n'étions pas assez suspects. Après les photos, les fonctionnaires ont fait venir une grue et un camion pour emporter le requin. Je ne sais pas où. À la morgue ? Au musée ? Au dépotoir ? Plutôt au ministère des Affaires océaniques, je suppose, afin de le ranger dans un dossier cartilagineux. Ou dans un très grand classeur numéro treize préalablement désodorisé.

Je me demande de quoi il est mort, ce requin. Il ne portait pas de blessure, n'était entortillé dans aucun filet. Une maladie de squale ? Un ennui maritime ? Un retour de tsunami ? Une trop grande vague à l'âme ? Combien vieux ça peut vivre, un requin ?

❑

Malgré les mouettes, je n'arrive jamais le premier sur la plage. Il y a toujours cet autre flo qui me précède : Luc Bezeau, avec sa fraise d'irradié des antipodes et ses bottes de *newf*, sa dégaine de clown et cette casquette ornée des armes d'une compagnie de machinerie lourde qui coiffe comme une ironie son inquiétante maigreur. Il arrive de l'ouest en traînant tel un concierge son sac-poubelle, et il ratisse la grève. Il récolte les bouteilles vides abandonnées autour des feux de la veille par les pêcheurs de capelans négligents et autres tziganes d'occasion. Il recueille dans une musette des coquillages, des dos de crabes, des plumes et des bouts de fanons. Au début, je le prenais pour une sorte d'écologiste, mais je me suis détrompé en le voyant abandonner dans son sillage toutes les autres catégories de déchets. Quelle que soit la couleur du temps, il s'amène chaque matin comme si c'était sa mission, sauf le dimanche, car il a ce jour-là des obligations religieuses. Il sert la messe à l'église du village, et comme j'y accompagne Grand-mère, je peux le voir orbiter comme un nain brun autour du père Loiselle, ce géant gazeux. Luc fait un singulier enfant de chœur. Avec cette aube trop courte qui révèle ses grosses bottes, son allure de gag avorté, son hawaïenne tignasse de jais et surtout ce lointain regard en amande, ces bizarres yeux radiographiques qu'il dirige sur vous comme pour voir à travers, on dirait qu'il débarque d'un ovni ou d'une sécheuse à linge, mais ça ne l'empêche pas de remplir sa fonction avec efficacité. Il officie avec une papale gravité. Hiératique, se grattant parfois, mais avec discrétion, il se tient près de l'autel comme une sorte de chien de garde liturgique et il prévient les gestes du prêtre. On dirait qu'il télécommande le déroulement du rite. Pendant l'homélie, il se tient au garde-à-vous, les bras dépassant de ses manches trop brèves, mais quand même vigilant, paré à plonger, prêt à démarrer au quart de tour comme un vrai potier, et il n'y a alors que ses doigts qui bougent, s'agitent et se plient, se déplient. Coiffé d'un stetson et transporté dans la rue principale de Dodge City, il pourrait passer pour un as de la gâchette au moment crucial de la confrontation. Le desperado des plages. Le gars qui dégaine sa burette plus vite que son ombre. Le plus rapide tintinnabuleur de l'Ouest. J'avoue qu'il m'en impose avec son austérité d'éponge farouche. Sa binette d'explorateur de l'au-delà s'accorde à mon humeur lugubre et me triture la curiosité. Si c'était permis, j'essaierais bien de sympathiser, ou tout au moins de le saluer sur la plage matinale lorsqu'il pérégrine, mais c'est impossible car il est l'ennemi de telles familiarités. Dès qu'il m'aperçoit au pied du mât, ou sur le pont croquant une pinoise, il se dépêche de prendre le large sans m'accorder un regard. Est-ce l'effet d'une excessive timidité ? Serait-il trop sensible à l'aura de tragédie qui émane de ma personne ? En tout cas, il fuit mes parages comme Ulysse certains coins mal famés de la mer Égée. Il continue de passer devant chez nous puisqu'il n'a pas le choix, mais furtivement, sans s'arrêter, et il s'éloigne pressé, suivi par l'ombre d'une peur que je ne comprends pas.

Deux

Papa était atteint de motoneigite, maladie répandue au nord du cinquantième parallèle à cause du septentrion qui vous pèse dessus, et de l'hiver qu'il faut bien apprivoiser d'une manière ou d'une autre. Dans la plupart des cas, les symptômes se résorbent à l'arrivée du printemps, mais chez Papa le mal était chronique, chronologique même, et incurable. C'était une passion qui résistait aux thérapeutiques ardeurs de l'été, une fièvre latente que réveillait l'automne, qu'attisaient les grands vents d'octobre et qu'embrasait pour de bon la tombée des premières neiges, cette bénédiction. De la motoneige, Papa en mangeait sur ses toasts. Il aurait pu dormir sur sa chère mécanique, et d'ailleurs il n'avait sûrement pas manqué de cailler, étant bébé, dans ce landau monté sur skis qu'on avait coutume d'atteler au Ski-doo familial. C'était au guidon de sa motoneige qu'il avait bourgeonné, qu'il avait remporté à quinze ans sa première course professionnelle au motodrome de Brûlé, et ce fut naturellement au cours d'un rallye Ook-pik, quelques années plus tard, qu'il rencontra Maman, jeune et

crâne amazone qui chevauchait une machine
d'égale puissance. Elle aussi avait grandi sur une
motoneige. Accrochée comme un *papoose* au dos pa-
ternel, elle avait écumé les sentes dès son plus
jeune âge et étrenné pour le Noël de ses cinq ans
son premier Ski-doo, un modèle miniature qui
fonctionnait pour de vrai. Réalisant que sa vie n'aurait plus de sens qu'à condition d'y associer cette
émouvante Ève nordique, mon futur père avait entrepris de la conquérir. Il l'avait pourchassée avec
fougue sous les frondaisons lourdes. Il l'avait cour-
tisée avec l'urgence d'un chauffeur d'ambulance, et
ma future mère avait favorablement répondu aux
avances vrombissantes de ce grand yéti au sourire
avantageux. Ce fut en motoneige qu'ils se fréquen-
tèrent, se fiancèrent, se rendirent à leur cérémonie
de mariage, puis qu'ils en repartirent à la tête d'une
rugissante procession aux flambeaux. Ce fut en
motoneige encore qu'ils gagnèrent cette cabane de
rondins perdue au fond des bois qui devait abriter
leur lune de miel, et c'est à n'en pas douter sur la
selle de leur fringant scooter des neiges que je fus
conçu, dans un grand froissement de nylon dé-
zippé à la hâte.

Après le mariage, mes parents décidèrent de
s'installer à Villeneuve, ville voisine et industrieux
nombril de la Côte, où pleuvait l'emploi. C'est là que
je vins au monde et gagnai mon premier mètre
d'altitude. Mais le vieux village de Ferland n'était
qu'à trente minutes de route, et nous y revenions
chaque été à cause de la mer et du souvenir de
l'amibe primordiale. Plus souvent encore, nous y

allions en hiver, afin de jouir des neiges, car Ferland restait le paradis des motoneigistes; de la cour, chez mes grands-parents maternels, on accédait à la brousse par la tranchée des pylônes d'Hydro-Québec qui épellent en lettres géantes leur monotone alphabet d'arrière-pays jusqu'au Nunavik. Chaque fin de semaine d'hiver donc, l'ancestrale demeure de Ferland servait de tremplin à ces fanatiques de la sauvage immensité qu'étaient mes chers parents, mais je les laissais souvent partir seuls, car quoique j'aie hérité du fameux landau à skis de Papa, et qu'on m'y ait amplement trimballé, j'étais immunisé contre le virus pourtant héréditaire de la motoneige. Non pas que je fusse allergique à cet engin: je savais disputer à l'occasion une bonne course sur la plage ensevelie et je trouvais grisant de fendre parfois la nuit éblouie d'une sourde forêt boréale, mais au contraire de mes géniteurs, je n'en faisais pas une raison de vivre. J'étais vite saturé de grand espace et je désapprouvais toutes formes de boucan en plein air. J'étais contre la décongélation prématurée des petites bêtes et la terreur dardée au cœur des gentils écureuils. Ma nation personnelle avait des intérêts supérieurs, et certains vices bénins, dont celui de la lecture. À la blancheur des clairières enneigées, je préférais celle moins immaculée mais combien plus excitante à mes yeux des pages d'un livre, et tandis que mes parents s'éclataient en Sibérie, j'aimais mieux me repaître d'un bon roman d'horreur et de pinoises fumantes dans le salon panoramique de Grand-mère. C'était précisément ce que j'avais résolu de faire ce jour-là, ce maléfique samedi de février où ma vie a chaviré. D'une certaine manière, on peut dire que la lecture m'a sauvé la vie.

❏

C'était une de ces journées de bise coupante à vous traumatiser le mercure. Il ventait à désosser les bœufs, et ce n'était rien encore comparé au blizzard qu'on annonçait en soirée, mais il en aurait fallu davantage pour intimider mes parents. Ces féroces enfants de Thulé n'allaient pas renoncer pour si peu à leur excitante randonnée hebdomadaire ; ils n'avaient attendu que ça toute la semaine. Et le moteur de la Polaris ayant démarré sans trop regimber, ils s'étaient évanouis dans la poudrerie. Ils avaient promis de revenir à la brunante, mais le soleil déclina puis se coucha sans les attendre. Le souper figea dans les assiettes tandis que nous nous relayions à la fenêtre pour guetter leur retour dans la tempête naissante. Vers onze heures enfin, des phares illuminèrent la cour, mais c'étaient ceux d'une auto de la Sûreté, et deux agents contrits débarquèrent dans le salon ivre pour nous assommer à coups de terribles nouvelles. Loin dans la nuit, à cinquante-quatre kilomètres au nord de Ferland, le train de la compagnie QTI en provenance de Pineshish, dans les monts de Fer, était immobilisé avec ses deux cents wagons de minerai dans l'œil du chaos. Et tout autour des rails étaient éparpillés les restes de mon père et de sa fière machine. Maman, on ne l'avait trouvée qu'au bout d'une heure.

Éjectée au moment de l'impact et catapultée dans une congère à l'écart de la voie. Elle était gelée quand on l'avait embarquée dans l'hélico. Ce n'était qu'à l'hôpital qu'on s'était aperçu qu'elle respirait encore. On jugeait son état critique : fractures, commotion cérébrale, grave hypothermie. On ne savait pas si elle survivrait.

On se figurait mal ce qui avait pu se passer. Le train avait frappé mes parents alors qu'ils filaient sur la voie, les innocents. N'avaient sans doute pas entendu le klaxon à cause des casques. Avaient dû ne rien voir venir à cause du blizzard. Distraction, imprudence, mauvais calcul et autres imbécillités. Le genre de chose qui ne devrait jamais se produire, mais qui arrive quand même juste pour faire du mal. Une vanité des statistiques. Ou plutôt, selon moi, l'incompétence flagrante du Gars des vues. L'illustration de son indifférence, voire de sa cruauté. You-hou, là-haut sur le nuage ! T'es-tu payé la traite, céleste psychopathe ? As-tu bien rigolé dans ta barbe ? Mais qu'est-ce que je raconte : sans doute que le nuage est inoccupé et que Dieu n'est finalement qu'un mythe au fond du garde-robe.

C'est seulement au salon funéraire, devant un cercueil clos, qu'on a osé m'apprendre le dernier et le pire des détails. J'avais le cœur en tranches auprès de cette boîte au vernis insidieux qui recelait la dépouille de mon père, et je m'insurgeais. Je n'admettais pas qu'il me soit interdit de contempler une dernière fois son visage. J'exigeais qu'on dévisse le couvercle. Grand-père m'a entraîné dans l'antichambre et m'a expliqué pourquoi c'était impossible : le corps de Papa n'avait été que partiellement récupéré. Entre autres lacunes anatomiques, il manquait sa tête, qu'avaient écrabouillée cent roues d'acier. Je me rappelle m'être senti tout à coup étourdi, transi malgré les calorifères qui surchauffaient. La dernière chose dont je me souviens avant la bascule et le fondu au noir, c'est la musique qui jouait en sourdine. Cette maudite cantate qui planait dans la fumée d'encens. De quoi vous écœurer de Bach pour le restant de vos jours.

Comme quoi la motoneigite était une maladie qui pouvait s'avérer fatale. J'avais entendu dire que c'était comme ça, la passion, que ça faisait perdre la tête. J'en avais désormais la preuve.

Trois

Maman au moins n'est pas morte. Elle continue de vivre malgré ce méchant coup de train qu'elle a reçu à la tête, mais elle repose dans un arctique plus lointain que le pôle. Au delà même des rêves, disent les toubibs. C'est d'ailleurs tout ce qu'ils peuvent dire ; ma mère déborde le cadre de leurs diplômes.

Chaque jour, nous allons la voir dormir à l'hôpital de Villeneuve, et je reste longtemps penché sur son visage elfique. Son front, ce champ de neige vierge. Maman, cet étang de Nelligan en février. Sur les écrans autour d'elle, c'est trop tranquille. Maman clignote. Maman palpite. Maman respire, mais la courbe EEG reste plate. Elle dort, uniquement amarrée à notre monde par ce tube qui la nourrit. Que du liquide, comme une plante. Maman est une de ces fleurs mises au placard, en hiver artificiel. Ici au moins la lumière abonde. La chambre est au troisième, et par la fenêtre on voit flotter les îles dans la baie.

Les médecins affirment qu'elle n'entend rien mais nous lui parlons quand même. Grand-mère bavarde avec elle et imagine ses réponses. Elle lui confie les potins du village en tricotant des tonnes de mitaines pendant que je brosse ses cheveux. Et quand Grand-mère sort pour aller saluer son amie Armande aux soins prolongés, je peux enfin m'occuper de Maman à ma manière. Je m'étends auprès d'elle et je frictionne ses membres froids de statue molle. Je glisse ses mains glacées sous mon chandail à même la peau pour mieux les réchauffer. Je ne pleure jamais; j'ai trop peur qu'elle entende et que ça la chagrine. Mes larmes, je les garde pour la nuit.

On ignore quand elle nous reviendra, ou si seulement elle émergera jamais, mais j'ai confiance. Je sais qu'elle ne m'abandonnera pas.

❏

Mes grands m'ont fait une chambre à l'étage et, afin de diluer l'inquiétude qu'ils distillent à mon sujet, je m'applique à sourire. Après Villeneuve et ses supermarchés, ses feux de circulation et son port qui aimante les minéraliers de tout l'univers, ça m'a fait drôle de débarquer à Ferland pour y vivre. C'est un monde à part, un genre de patelin magique où les choses font jaser longtemps. Le village a une histoire qui est un peu la mienne puisque c'est mon quatrième arrière-grand-père qui a eu l'idée saugrenue de le fonder, il y a deux cents ans. L'unique rue porte d'ailleurs mon nom; elle s'allonge sur dix kilomètres et relie les trois cents maisons poussées au fil des ans entre Pointe-Rouge et les Gigots. La rivière Uapush irrigue le cœur du village et, à sa gueule, un peu en retrait sur la pointe, il y a cette maison rouge et blanche qui a vu ma mère pousser et qui sera temporairement la mienne.

Ferland, c'est la mer. Sur la carte il ne s'agit encore que du Golfe, mais il faut un temps d'une rare clarté pour que se laisse deviner le mirage bleuâtre de la rive sud. C'est un carrefour où se croisent les éléments, un creuset naturel où fusionnent le vent, la forêt et les vagues. Ferland oscille entre le silence et le hurlement, la canicule et le zéro absolu ; c'est une terre où rôdent des dieux plus anciens que le Gars des vues, un repaire de flibustiers imaginaires et de géants sylvestres, une parabole frissonnante de la création du monde, une enclave où les conteurs sont meilleurs qu'à la télé. En hiver, la baie est un désert cryogénique, un paysage sélénite que seule anime l'occasionnelle audace d'un brise-glace fédéral, mais le printemps finit toujours par l'emporter, et en été c'est un greffon de Scandinavie, une plage de sables fauves bordée de plantes ammophiles, une théorie de dunes chevelues. Ferland, c'est une nuit bondée d'étoiles, et quand un souffle austral comble la mer de ses caresses et qu'elle scintille comme un sombre joyau, c'est un vivant miroir où la lune coule d'étranges laits.

❑

Mes grands forment un couple dépareillé. Lui, c'est une sorte de grand fouet raide auprès duquel même la chienne à Jacques paraîtrait élégante, tandis qu'elle, elle pétille du haut de ses quatre pommes et se montre toujours impeccablement attifée. Fils d'un vrai postier de Sa Majesté Lointaine avec le traîneau, les chiens et la grosse barbe givrée, Grand-père a lui-même servi la reine dans sa jeunesse ; il était le télégraphiste du village. Il s'occupe encore de la poste locale dans un bureau attenant à la maison et il fume dans ses loisirs un saumon légendaire, une viande sucrée et aromatique aussi tendre à la dent que la pulpe d'un fruit exotique. Grand-père aime conter des peurs. Le soir, quand nous faisons un feu sur la grève, il me farcit d'épouvantables chouennes et autres fausses histoires vraies où des marins audacieux et de hardis coureurs des bois défient un panthéon de divinités primitives. Il en profite pour décapsuler quelques-unes des petites bières qu'il cache dans son fumoir à saumons. Car, par décret grand-maternel, tout alcool est prohibé dans la maison, et ce en raison d'anciens excès qu'aurait commis le vieil homme. Mais il est beaucoup plus sobre maintenant ; il s'en tient à trois ou quatre canettes qu'il siffle avec discrétion.

Grand-mère est plutôt incisive. Avec son homme, elle n'est guère soyeuse, mais elle dispense au pauvre chéri que je suis une inépuisable tendresse, et c'est bon de se blottir dans son parfum suranné. Grand-mère exerce une stricte gestion de la vie domestique. L'hygiène est pour elle une vertu cardinale. L'été, quand je reviens à la maison après avoir été me baigner, elle m'interdit d'entrer avant

qu'elle ait inspecté jusque entre mes orteils, à l'affût
de quelque grain de sable hypocrite, et même
Grand-père rentrant du fumoir est souvent obligé
de se déshabiller sur le perron. Elle est fière, Grand-
mère, et soucieuse de son apparence. Elle se tient
informée des tendances de la mode, et l'incurie ves-
timentaire de son époux la désole. Quelle honte
c'est pour elle de devoir paraître au bras de ce plan-
tigrade ! Elle voudrait bien l'emmener magasiner à
Villeneuve, mais c'est un souhait utopique car la
seule vision d'un centre commercial donne à
Grand-père des sueurs froides.

Elle sait qu'il entrepose des bouteilles dans son
antre. Au moins a-t-elle la satisfaction d'en avoir
purgé la maison. Elle aimerait éradiquer aussi la cigarette, mais comme là-dessus il est intraitable, elle
transpose le combat sur le plan psychologique :
avec les emballages de ses paquets vides, elle fabrique une boule de plomb qui grossit d'année en
année, symbolisant l'implacable progression du
cancer qui l'emportera un jour. Grand-père refuse
de se laisser impressionner ; il allume dès qu'elle
sort sa boule, et l'accuse de violence mentale. Elle
riposte en blâmant son inconscience. Il lui reproche en retour de le tyranniser, ce à quoi elle répond qu'il n'est qu'un vieux caribou entêté. Ce
genre d'accrochage est fréquent, et on y froisse la
tôle. Moins doué qu'elle côté parlotte, Grand-père
tombe toujours le premier à court de munitions
verbales, et alors il ne répond plus qu'en morse, té-
légraphique idiome qu'elle ignore et qui permet au
vieil homme de s'exprimer avec une verdeur autre-

ment inacceptable. Moi, je connais le code, ce qui
me place dans la délicate position d'interprète. Je
m'efforce d'euphémiser. Je suis le Casque bleu ; j'essaie d'empêcher que la situation ne dégénère, mais
ma force d'interposition est risible et leurs chicanes
tournent souvent au jeu de massacre. Elle le traite
d'ivrogne, et lui de coureuse de bingo. Elle con-
damne sa malpropreté, et lui la fadeur de ses
charmes. Et on gravit ainsi les échelons coulants de
l'outrage voulu jusqu'à atteindre le haut plateau de
l'insulte suprême : elle le taxe de sénilité, et lui ré-
torque qu'elle n'est qu'une vieille fouine indiscrète.
Aucune allégation ne saurait être ressentie de part
et d'autre comme plus injurieuse. Ce qui n'empêche
pas qu'elles soient fondées. Il est vrai que Grand-
père est sujet à des lubies que seul explique son
grand âge, qu'il lui arrive de voir passer au large des
sous-marins allemands et d'en faire le rapport aux
garde-côtes, lesquels promettent poliment de s'en
occuper. Il n'est pas moins exact que souvent, sous
le couvert de la nuit, Grand-mère descend dans le
bureau de poste pour ouvrir à la vapeur certaines
lettres de voisines. Mais lorsqu'ils parviennent à ce
degré de virulence dans l'expression de la vérité,
c'est la rupture. Grand-père claque la porte et va
s'imbiber dans son fumoir tandis que Grand-mère
se met à coudre comme une forcenée, jurant de se
trancher la gorge plutôt que de lui adresser à nouveau la parole.

Ils n'arrivent jamais à se bouder longtemps. Le
lendemain, Grand-père vient cogner à la porte et
présente des excuses accompagnées de fleurs.

Grand-mère accepte les fleurs mais jamais les excuses, et l'invite plutôt à passer à table où l'attend
un de ses mets préférés. Je monte me coucher tôt
ces soirs-là afin de les laisser un peu seuls et, la
nuit, à travers la cloison, je peux entendre leur lit
grincer. Je sais que les récriminations recommence-
ront à fuser avant peu, mais temporairement c'est la
trêve. Pour un temps, quelques jours peut-être, ils
s'aimeront malgré leur folie, et des versets du Cantique des cantiques seront chuchotés dans les coins.

❏

Il paraît que mon année scolaire est sérieusement compromise. Mes grands veulent m'inscrire à
l'école du village. Je n'ai rien contre. En fait, ça m'in-
diffère ; je suis trop occupé à ressasser mon malheur pour m'intéresser à de telles futilités. Je ma-
cère dans un funeste jus. J'essaie d'être fort, mais on
dirait qu'elle n'en finit plus de finir, cette heure la
plus noire de mon existence fracturée. Je ne m'intéresse plus à la tâche de vivre. Je ne voudrais que
dormir et reposer en paix moi aussi, mais même
cela m'est interdit car je suis tout le temps assailli
par des saloperies de terreurs nocturnes.

Je rêve de cet endroit, à cinquante-quatre kilomètres au nord. J'en rêve comme d'un dédale mouvant
aux murs de bourrasques nocturnes, d'un laby-
rinthe au sol chevauché de rails scintillants où j'erre,
gelé comme un rat, cherchant l'issue. Le pire, c'est
cette chose que j'entends rôder dans les couloirs voisins. Cette créature jurassique qui klaxonne, et qui

cherche aussi. J'avance, puisque ça vaut mieux, mais je meurs d'avance à la pensée de croiser l'œil de la bête. Je fuis, voulant crever la peau du rêve, et enfin je jaillis dans l'angoisse de mon lit, croyant entendre encore mugir le monstre sous ma fenêtre, sentant trembler toute la maison à son approche, puis rien que mon lit, puis moi seulement.

C'est comme ça chaque nuit. J'ai les rêves malades. Le seul remède, c'est de tromper le sommeil. Plutôt que d'affronter le Minotaure du Kilomètre 54, je me réfugie dans mes bouquins et je bats des records de lecture. Je suis un insomniaque volontaire et, souvent, je sors vainqueur de cette épreuve d'endurance que nous disputons, la nuit et moi. La barre du jour est ma récompense, l'aube mon éphémère trophée.

Quatre

Dans l'espoir de sauver ce qui me reste d'instruction publique, mes grands m'ont finalement mis à l'école. Je ne vois pas à quoi ça va servir puisque mai agonise, mais j'ai accepté pour leur faire plaisir. Sans doute veulent-ils me sortir de la maison et me faire voir des jeunes de mon âge, me changer les idées pour d'autres moins noires. Rassurons-les : faisons comme si les choses revenaient à la normale.

❏

Il n'y avait qu'un seul pupitre inoccupé dans la classe de sixième, tout au fond, avec calorifère et fenêtre sur mer, jouxtant la place de Luc Bezeau. C'est comme ça que nous nous sommes retrouvés voisins, cousins presque, par la force des géographies institutionnelles. Cette parenté, remarquez, c'est une façon de parler, car Luc n'a réagi à mon arrivée que par une royale indifférence. Quant à moi, j'accepte cette fatalité et je me résigne à contempler à la journée longue son profil d'ange dévalisé. Cet air

déphasé qu'il a. Cette face en proue que forent ses
yeux, sortes de vrilles émoussées qui coincent aux
pôles. Il détonne à coup sûr parmi les jeunes Vi-
kings roses et bourrés de vitamines qui peuplent
l'école. Et en plus, il y a ce parfum de morue ou-
bliée qui l'environne en permanence. J'espère qu'il
n'aura pas l'idée d'ôter ses bottes…

❏

À sa façon, Luc est un élève modèle. Il demeure
toujours d'un calme olympique ; c'est l'athlète du silence. Jamais il ne chahute ni ne placote. En fait, il
n'ouvre jamais la bouche, et l'institutrice se garde
de le questionner, comme si elle savait qu'il refu-
sera de répondre. Entre eux s'exerce une sorte de relation de cause à effet, mais à l'envers. Luc ne
cherche pas d'excuses, il vit dans sa bulle sans déranger personne. Vissé à son pupitre, il regarde la
mer par la fenêtre sans bouger pendant longtemps,
ou fixe son efface comme s'il s'efforçait de la faire
léviter. Le reste du temps, il dessine, et d'un crayon
talentueux. Ses marges sont remplies de poissons
et de lézards habilement reproduits. Il lui arrive
aussi de griffonner des bouts de poèmes dans un
alphabet bizarre, peut-être inventé. C'est illisible
mais ça doit signifier quelque chose, car il faut le
voir s'appliquer avec la langue sortie pendant qu'il
les cisèle, ses haïkus à la gomme. À n'en pas douter, un esprit actif se dissimule sous cette carapace
et ces dehors lunatiques. En tout cas, il ne manque
pas d'intelligence, car malgré de fréquentes

absences, ses notes sont parmi les meilleures. Il lit beaucoup : à la bibliothèque, il choisit de gros livres, des bouquins de science en avance sur le programme, des trucs de biologie marine surtout.

❏

J'ai renoncé à franchir le canyon de méfiance qui sépare nos pupitres, mais il continue de m'appâter l'œil. C'est plus fort que moi ; j'étudie avec un intérêt entomologique sa zouave caboche et je me demande quelles pensées peuvent fermenter dans un tel réceptacle. Mais Luc reste aussi indéchiffrable que ses poèmes. Il évite de croiser mon regard. Il me raye de son champ de vision. Je devrais faire pareil et m'intéresser plutôt à ce qui se passe au tableau, mais l'obstination qu'il met à nier mon existence prend la couleur d'une provocation, d'un défi auquel il faut bien répondre, question d'orgueil, d'affirmation, et histoire de se venger en le mettant en état de siège. Ce qui me réconforte, d'une certaine manière, c'est de constater que sa froideur ne m'est pas réservée. La distance qu'il met entre nous n'est pas plus sidérale que celle à laquelle il maintient l'humanité tout entière. Luc se comporte comme si rien ni personne n'avait vraiment d'importance, comme s'il était le seul habitant réel d'un univers virtuel. Pendant la récré, il demeure à l'écart et trace du bout du pied dans la gravelle des arabesques, des cercles mystiques. C'est une sorte de maladie, je crois, mentale ou théâtrale, qui s'appelle la misanthropie. J'ignore si c'est génétique, ou

si ça lui vient de ce qu'on l'aurait rejeté à l'origine,
ou encore si Luc a lui-même choisi de s'exclure de
la jeune société ferlandaise, mais en tout cas il est
sûrement le type le plus impopulaire de l'école. Personne ne songerait à l'inviter à son party d'anniversaire, et de toute façon il n'irait pas. Un naufragé
volontaire, un navigateur solitaire, voilà ce qu'il est.

❏

Il y a bien les cyclopes qui recherchent la compagnie de Luc, mais de toutes les fréquentations in-
désirées, c'est sûrement celle dont il se passerait le
mieux. Les cyclopes, c'est une bande de malades
qui carburent aux vapeurs d'essence et aux métaux
lourds. Leur chef est Réjean Canuel, un grand ro-
queur aux frusques tatouées de crânes et de swas-
tikas, qui double sa sixième et qui s'enorgueillit de
posséder un vrai oncle détenu au pénitencier de
Port-Cartier. Le caïd prend un plaisir sadique à bar-
dasser la jeune population des plages, mais il accorde à Luc le privilège d'une attention particulière.
Il l'a surnommé « le mongol » à cause de son regard
oriental et il a fait de lui son épaulard officiel, celui
sur lequel on tape, celui dont on se divertit. Aucun
jour ne s'achève sans que Luc y ait goûté : on balance sa casquette dans les chiottes, on planque de
vieux poissons dans son casier, on vide son car-
table dans la poubelle. Des légendes circulent à
propos de ses cyclopéennes mésaventures : il est
fait mention d'un certain flacon de laxatif qu'on lui
aurait fait avaler de force, et aussi d'une journée

entière qu'il aurait passée emprisonné dans le bac
à ordures de l'école. On prétend que le sport préféré
de Canuel est de le déshabiller en hiver et de le
courser jusque chez lui. Ces bruits contiennent
sûrement une part d'exagération. Et pourtant il suffit de voir l'aryen enthousiasme avec lequel on per-
sécute Luc pour que les plus improbables rumeurs
se nimbent de vraisemblance.

❏

Il encaisse comme si c'était normal. Sa stratégie,
c'est de ne pas réagir. Jamais il ne s'enfuit ou ne
commet l'erreur de se défendre. On ne le voit jamais supplier ou se plaindre. Après une jambette, il
se contente de se relever et de passer son chemin.
Si on le plonge dans une poubelle, il attend que
s'épuise l'hilarité des tourmenteurs, puis s'extrait
calmement des déchets. Quand on le masse un peu
fort, son œil étincelle et ses poings se serrent, mais
jamais ne se propage l'incendie ni ne se produit
l'explosion. Son stoïcisme est remarquable, mais il a
le sérieux inconvénient d'énerver Canuel et de sti-
muler sa méchanceté. Dans cette pacifique mais
opiniâtre résistance que Luc lui oppose, le jeune
coq croit déceler de l'arrogance, et peut-être n'a-t-il
pas tort. Quoi qu'il en soit, il a juré de faire craquer
son épaulard avant la fin des classes. Voir Luc ramper et geindre, tel est le souhait qu'il émet publique-
ment. Il en fait un point d'honneur, et on imagine
mal que Luc puisse tenir longtemps, mais cependant personne ne songe à s'interposer. C'est com-

préhensible au fond : qui voudrait risquer sa peau pour un vilain moineau de son espèce ? On préfère s'habituer au spectacle de son supplice. On affecte d'y voir une expérience visant à établir les limites de la tolérance à l'humiliation chez le mongol commun.

Je n'aimerais pas être dans ses misérables bottes. Et dire que je croyais détenir le monopole de la malchance. Je n'imaginais pas qu'on puisse naître sous une étoile plus néfaste que la mienne, mais pourtant oui ; Luc en est la preuve temporairement vivante. Je voudrais savoir comment mettre un terme à l'odieuse corrida, mais je suis comme les autres : branleux, peureux, trop soucieux de ma propre survie. Comme je n'en ai pas le courage, je me contente d'assister à tout ça comme à un conflit hors frontière, en avalant obscurément ma honte. Je m'efforce de croire que l'existence, dans toutes les écoles du monde, de boucs émissaires tels que Luc relève d'une loi naturelle à laquelle il ne peut que se soumettre, comme nous tous.

Cinq

La fin des classes approche et le doute s'incruste dans l'esprit de ceux qui ont parié sur les cyclopes, car bien que soient déployés tous les ressorts de son mauvais génie, Canuel est incapable de casser le mongol. Luc résiste jour après jour comme un robot antiballes. J'ignore comment il fait. Peut-être y a-t-il un rapport avec son père, qui serait fou à ce qu'on dit, et qui lui en ferait voir de toutes les couleurs? Peut-être qu'il s'entraîne à la maison? Le fait est qu'il endure tout et supporte sans faiblir un traitement qui depuis longtemps devrait l'avoir réduit à l'état de larve braillarde. Il est admirable à sa manière. C'est beau de le voir debout sous les bombes, avec pour seule défense un fragile parapluie de patience. Il nous donne à tous une bonne leçon. L'exemple de son courage m'incite à prospecter mon âme en quête d'une pareille ressource, et ça éveille quelque chose d'obscur, une envie de puissance, un certain goût d'action, un désir d'être aussi fort et indomptable que lui. Étrange quand même : qui aurait cru que le mongol pouvait devenir une source d'inspiration?

❏

Je ne sais pas ce qui m'a poussé à intervenir. Le besoin de rembourser à Luc une dette morale, à cause du sentiment de force emprunté ? Un élan de pitié ? Un spasme d'héroïsme ? Un instinct suicidaire ? Peut-être que tout ça était présent et entremêlé dans l'inconscience de ma géologie personnelle ; peut-être que ça se malaxait dans mon magma intérieur, brouet de pulsions volatiles n'attendant que de détoner, mais toujours est-il que je me suis avancé pour prendre la défense de Luc.

C'était un beau samedi de juin pourtant, sans le moindre nuage suspect, une des premières vraies euphories de l'été. Je sortais du dépanneur Langlois avec une confortable provision de mojos et ne songeais qu'à l'orgie de glucose prochaine lorsque je les ai vus, Luc et les cyclopes goguenards qui l'encerclaient. Ils l'avaient arraisonné alors qu'il remontait des plages avec le produit d'une chasse fructueuse : deux gros sacs remplis de précieuses bouteilles. Les borgnes entendaient taxer la cargaison du mongol et, comme celui-ci n'avait pas la sagesse élémentaire d'être d'accord, ils avaient entrepris de l'assassiner lentement, en commençant par les bouts et en insistant dans les coins tendres. Vraiment, j'ignore ce qui m'a pris, mais quand je les ai vus s'y mettre tous à la fois pour dépecer le pauvre Luc, j'ai eu cette faiblesse, cette impulsion, et je me suis avancé pour protester. Ma bêtise ne m'a frappé qu'à retardement. Déjà, je regrettais mon geste, mais il était impossible de rembobiner : j'étais dans l'œil du cyclope. Œil étonné d'abord par tant d'audace, mais l'innovation semblait plaire à Canuel qui sans doute évaluait déjà mon potentiel épaulardesque. Quant à Luc, cet article bientôt inutilisable, il n'avait l'air de rien du tout, genre brigade des stupéfiés ; ayant si peu l'habitude qu'on prenne son parti, il ignorait comment réagir, je suppose. Canuel cependant avait passé le stade de la réflexion et il marchait sur moi en arborant son célèbre rictus de squale. J'ai voulu reculer, mais un de ses acolytes, un gros dindon poétiquement appelé Bacaisse, m'a fait une jambette, et je me suis écroulé comme un arbre du Témiscamingue, déjà vaincu et repentant. Le roi des cannibales s'est penché sur moi. Il paraissait assez affamé pour m'avaler tout rond avec mes bobettes, et j'ai serré les dents, me préparant à souffrir. Mais au moment où on allait m'éclater le parebrise, il s'est produit une chose surprenante. Luc, ce punching-ball humain, cet apôtre de la non-violence, lui, le Gandhi du coin, s'est soudain transformé en créature féroce. Se débattant comme un chat sauvage sur un rond de poêle, il a échappé au cyclope pourtant costaud qui le maintenait, s'est jeté sur mon prédateur et l'a culbuté sous lui. Les singes ont hurlé et il y a eu un élan collectif mais bref, aussitôt brisé par la vision d'un couteau, sorti on ne savait d'où, que Luc tenait à la gorge de Canuel. Le jeune nazi était blême comme un pet. Il avalait désespérément sa pomme. Allait-il avoir droit à la trachéotomie de ses rêves ? Il en pissait dans ses jeans mais ça n'a fait rire personne car nous étions tous sur le point d'en faire autant. Luc

a pressé sa lame et je crus que ça y était, qu'il cédait
à la dernière tentation du pain tranché. Mais finalement il s'est contenté de parler, prononçant au
nez du voyou effaré ces pesantes paroles :

— Toi, tes os vont blanchir au soleil des tropiques.

Ça a glissé de ses lèvres comme une bottine de
feutre sur un parquet ciré. Et en même temps, je me
suis rendu compte que j'entendais Luc parler pour
la première fois, mais j'ai été moins saisi par la te-
neur du propos que par la sonorité de la voix, qui
était grave, étonnamment mature. Canuel ne devait
rien comprendre à cette histoire de tropiques, mais
il a pris au sérieux la cryptique allusion à ses os et
a achevé de se répandre. Luc s'est redressé et s'est
écarté de l'invertébré tout en continuant de tenir en
respect les autres crétins abasourdis devant cette vision inédite d'un mongol redoutable. Canuel se hissait péniblement sur ses jambes. Il a palpé sa gorge
et a voulu japper quelque chose, sans doute l'ordre
d'une attaque massive, mais il n'est parvenu à
émettre qu'un couinement de souris asthmatique.
Rapaillant les épluchures de son autorité, il a pointé
sur nous un index vindicatif. Puis il a tourné les
talons, lesquels ont été accompagnés par le reste de
sa personne tandis qu'il se retirait, flageolant, suivi
par ses loups-garous déboussolés.

Nous avions vaincu les cyclopes. J'étais trop
éberlué pour pavoiser, et d'ailleurs Luc n'était pas
non plus d'humeur triomphante. Sitôt évanouis les
matamores déconfits, il a rangé son couteau dans sa
botte et s'est empressé d'inspecter ses bouteilles,

estimant les dégâts. Enfin rassuré sur l'état de son trésor de verre, il s'est tourné vers moi. Je m'attendais à un mot de remerciement ou à quelque chose comme ça, à un signe de connivence tout au moins, mais je n'ai eu droit qu'à un regard oblique, reptilien. Comme s'il me reprochait d'avoir fourré dans ses affaires un nez indésiré et de l'avoir obligé, ce faisant, à révéler le fauve secret de sa nature intime. Il a soulevé ses sacs et est entré dans le dépanneur, me laissant planté là comme la dernière quille négligeable d'une partie de bowling trop plate. C'est alors que la colère m'a gagné. Je n'en revenais pas. Je suis rentré à la maison en fulminant, pestant contre l'incommensurable insolence du mongol, mais surtout contre moi-même et contre ma stupide initiative humanitaire.

Comment peut-il avoir le culot de m'ignorer encore? Est-ce que je ne me suis pas mouillé jusqu'aux sourcils pour lui? N'est-ce donc rien à ses yeux que d'encourir le courroux des cyclopes?

❏

La nuit a été rouge de sanglantes prémonitions. Je l'ai passée à m'inquiéter des formes diversement angoissantes que pourraient prendre les représailles de Canuel. Je me voyais dans son collimateur. J'imaginais d'effroyables séances de chirurgie à froid et je maudissais Luc, ce détestable monstre d'ingratitude. Mais l'aube s'est chargée d'éclairer sous un angle différent son apparente insensibilité. Sortant sur le pont, j'ai trouvé sur la première marche un objet qu'il avait manifestement déposé là à mon intention : un coquillage gravé sur lequel était peint un de ces lézards qu'il dessine partout. L'objet est joli, sans doute précieux dans l'esprit de son créateur, et, l'élevant dans les jeunes rais du jour pour le mieux examiner, j'ai compris qu'il s'agissait d'un présent, d'un gage de reconnaissance.

Six

Luc ne gaspille pas ses mots. Il appartient à cette race de zébus hermétiques dont on fait les moines ou les champions de rodéo. C'est une espèce de poète caoutchouté, mais on finit par s'habituer à ses manières d'huître comme à sa fraise d'emmuré vif et on en vient même à le trouver drôle. Tous les deux, nous avons fait le crabe et scellé ainsi un pacte. C'est avant tout une alliance contre les cyclopes, car ils continuent de rôder, les horribles borgnes. On croise leurs traces de trolls ici et là, mais ils tardent à attaquer. Canuel craindrait-il de se frotter encore au Zorro des plages ? Aurait-il évacué de son menu notre duo de hérissons trop coriaces ? Mais il peut s'agir aussi d'une stratégie visant à amoindrir notre vigilance : peut-être n'attend-il que l'occasion de nous coincer en sachets individuels. Ignorant l'art de lire dans les pensées, nous préférons nous considérer comme les ingrédients d'une recette indécise et ne courir aucun risque. Nous ne nous déplaçons plus qu'ensemble et vivons derrière une façade martiale. Par mesure dissuasive, nous avons constitué un arsenal de frondes et de

massues faites avec des bouts de deux par quatre.
Au fidèle couteau de Luc, j'ai joint le bébé machette
que mon oncle Hugues m'a expédié d'Afrique pour
Noël. En ce juin de guerre fade, nous nous effor-
çons de paraître vifs et méchants, indigestes.

Le crabe, c'est un ensemble de règles tacites, une
façon de cohabiter que nous inventons à mesure.
Notre association ne se limite pas à la défense com-
mune; nous faisons désormais équipe pour la
chasse aux bouteilles. Et pour ça, il n'y a pas de
meilleur temps que juin, à cause du capelan
qui frétille toute la nuit dans l'ivresse des torches.
Chaque soir, un grand serpent de feu épouse la
grève et, autour de cent bûchers, papillonnent les
adorateurs du petit poisson. C'est une plèbe compo-
sée de toutes les catégories d'humanité : joueurs de
quilles en fin de tournoi, chevaliers de Colomb en
goguette, Étasuniens en vacances, vieux hippies
obstinés qui démanchent les clôtures en quête de
bois à brûler, touristes européens éberlués brandis-
sant des épuisettes à truites, et vrais pêcheurs aussi,
bottés jusqu'à la taille, armés de salebarbes. Nous
prospectons, Luc et moi. Déambulant de tribu en
tribu de bohémiens hilares, nous jasons avec n'importe qui de n'importe quoi, mais de pêches mira-
culeuses surtout, en inventoriant du coin de l'œil
les provisions liquides. Car ils apportent avec eux
une immanquable soif, ces pelleteurs de prodiges.
Ils propagent la bonne bouteille, la consignée, celle
qu'on rançonne, et nous notons l'emplacement des
plus belles talles en prévision du lendemain, tra-
çant en pensée l'itinéraire de la longue marche du

désert. Il faut savoir épargner ses pas, car chasser, c'est recueillir un butin éparpillé. C'est un peu comme lorsqu'on chasse à la trappe, mais en moins cruel. Ou en plus islandais : les bouteilles sont comme le duvet d'eider qu'on récolte là-bas, fragiles, difficiles à dénicher, toujours bien méritées. Car elles sont longues parfois, les plages, toutes belles qu'elles soient. Il faut des mollets solides et du cœur au ventre, mais il y a la satisfaction du sac bien rempli, les joies de la libre entreprise — et le profit, bien entendu. À cinq cents le goulot, ça finit par rapporter. L'ambition nous gagne. Nous voulons déjà prendre de l'expansion, élargir le marché, accélérer la cadence de production. Nous n'attendons même plus l'aube pour partir à la chasse : hier soir, nous avons profité de l'excitation des premières roulées de capelans pour nous glisser dans les tentes de collégiens sur la balloune et piquer deux caisses de bière. Nous les avons vidées dans le sable assoiffé, goûtant un peu, fiers de brasser de si grosses affaires. Cette semaine, je me suis fait douze dollars, que j'ai flambés en bonbons. Luc est moins puéril ; ce qui ne s'envole pas en fumée de cigarette, il l'économise. Il planque son magot dans un vieux pneu enseveli au pied des Gigots, ces sursauts granitiques qui bornent la baie à l'ouest, non loin de chez lui.

❏

Il vit dans une vieille roulotte jaune dont la peinture s'écaille. Plantée au centre d'une cour rasée de ses arbres, la bicoque est entourée de cages à homards, de bouées crevées et de carcasses de voitures, mais la tristesse du décor est compensée par le panorama marin, qui est à cet endroit d'une majestueuse beauté. Je n'ai pas vu la mère de Luc, mais son père possède un camion rouge que grignote la rouille et auquel il ressemble assez : c'est un rouquin massif et ébouriffé, une sorte d'ancien lutteur de sumo qui porte d'infâmes camisoles et semble aussi corrodé que son véhicule. Physiquement, lui et Luc paraissent n'avoir rien en commun hormis le gène de la casquette, mais il est malaisé de faire une juste comparaison à cause de l'éloignement. Car nous ne passons jamais devant chez Luc qu'au large et, que son père soit visible ou non, il se dépêche de m'entraîner à distance.

Le père Bezeau est pêcheur. C'est ainsi qu'il gagne sa vie, et souvent Luc l'accompagne en mer. Dans mes jumelles, je peux les voir chevaucher la houle dans leur grande barque. Ils turluttent la morue pendant des heures, remontent un occasionnel flétan ou suivent un banc de maquereaux et font le plein d'éclairs argentés avec leurs fortes cannes marines. Lorsqu'ils rentrent, c'est Luc qui se charge de nettoyer la prise et de disposer la part destinée à la vente dans un bac réfrigéré, à l'arrière du camion. Il faut le voir découper un poisson. Il fait ça comme il sert la messe, avec la même efficacité, la même concentration. Caché au faîte d'une dune, je le regarde débiter ses harengs avec la précision de l'expert et je comprends à quel point Canuel a frôlé la friture. Luc est un artiste du couteau. D'un souple coup de lame, il vous fend un ventre, puis, d'un geste fluide, il vous empoigne les tripes et les balance gracieusement aux escadrons de mouettes frénétiques. Mais pour commencer, il s'occupe de la tête… Toutes ces têtes qu'il taille et qui tombent dans la poubelle d'acier comme d'une infatigable guillotine. Je ne puis m'empêcher d'additionner, de multiplier. Salutaire échappatoire que cet instinct du calcul mental ; ça m'évite de trop songer à cette autre tête, celle qui manque dans le cercueil. Ce détachement avec lequel Luc procède, cet implacable rythme, cette terrible inertie d'une roue de locomotive. Le voir à l'œuvre, c'est comprendre comment opère le destin et savoir que tout n'est en fin de compte qu'une question d'échelle. Pourquoi le sort de mon père aurait-il dû émouvoir le Gars des vues quand même un hurluberlu de village comme Luc peut décapiter en une heure tout un peuple de créatures inférieures ?

Fasciné, je le regarde trancher et trancher encore comme un roi dans le vif du sujet. Et il me vient l'envie de descendre pour solliciter son conseil, à ce Jivaro qui sait liquider sans sourciller un tel monceau de têtes. Mais je me retiens car je sais que ça l'embarrasserait. C'est ça aussi, le crabe : un pacte de silence, un contrat viril par lequel nous convenons d'éviter tout sujet délicat ou gênant. Contrairement aux harengs de Luc, nous garderons nos tripes au chaud. Nous serons burinés et purs, cousus de mystère. Il ne se mêle pas de mes affaires intimes et je veux faire de même. Même si j'en ai envie, je ne le questionnerai pas sur les rapports ambigus qu'il en-

tretient avec Mona Daigneault, cette veuve aux bi-
kinis percutants chez qui il va tondre la pelouse le
samedi ou repeindre des bouts de clôture. Pareille-
ment, le crabe m'interdit de l'interroger à propos
des intrigantes excursions en solo qu'il va faire
dans les Gigots, s'y perdant pendant des heures. Au
risque de me péter la fiole, j'ai tenté de le suivre
dans ce dédale de rocs et d'arbustes belliqueux,
mais la montagne a des pistes qu'il est seul à con-
naître et les Gigots ont vite égaré le piètre scout que
je suis. J'ai dû ravaler mes pas sans aucun indice
sur ce qu'il fabrique là-haut, et nous n'en parlons jamais puisque c'est tabou. Luc est comme ces pou-
pées russes aux secrets emboîtables. C'est une boule
de gomme au cœur sans doute tendre, mais à l'écorce
épaisse, lente à sucer. Il faut le prendre ainsi, avec
ses voiles et ses placards, ses oubliettes.

❏

Luc aime casser le rythme de cette phrase répé-
titive qu'est la chasse. Il insère des parenthèses. Ce
matin, nous avons nagé jusqu'au *Tila Maru*, un mi-
néralier échoué qui orne les hauts-fonds de Pointe-
Rouge, et exploré les entrailles coupantes de ce châ-
teau de rouille éventré. Hier, nous avons déjoué la
sourde vigilance d'un gardien gothique et nous nous
sommes faufilés dans le Domaine du Silence, allant
troubler de nos cris d'aras l'onéreuse quiétude de
ceux qui viennent de loin pour s'y dépayser. C'est
chaque jour une nouvelle aventure, un autre plan
de zouaves : nous parachutons des commandos de

dytiques parmi les populations têtardes du marais
à Jules et nous provoquons dans les fondrières
d'épiques batailles, nous parcourons les étendues
vertébrales du cap aux Os à la recherche d'empreintes de dinosaures, puis nous allons écouter le
chant lunaire de cette faille hantée, à la cheville des
Gigots, où une fillette serait tombée jadis. Alimen-
tée par ces images inédites que Luc découpe dans
la trame d'un quotidien insoupçonné, une nouvelle
vision des plages naît en moi, fabuleuse, multidi-
mensionnelle. J'emboîte son pas et je joue au tou-
riste allemand. Je me laisse guider. Je vois bien qu'il
cherche ainsi à m'ouvrir une porte sur son âme.
Sorte de tridacne tétanisé, Luc s'explique mieux
que par les mots en me faisant visiter son univers
personnel. C'est sa façon de communiquer, de res-
serrer nos amarres et de consolider notre alliance.

Dévisager ainsi les plages, c'est l'occasion d'en
appréhender les multiples insolitudes, mais d'observer aussi certains spécimens méconnus de la
faune indigène. Il y a la mystérieuse Mme Fequet
dont les rideaux de ratine ne s'ouvrent que le soir,
lorsqu'elle envoie des signaux codés à un crabier
furtif qui lui livre par chaloupe des caisses. Il y a
M. Groulx qui va s'asseoir chaque jour au bout de
la vieille jetée pour manger son orange et attendre
la fiancée qui lui a donné rendez-vous, des lustres
plus tôt, mais ne s'est jamais présentée. Il y a Ar-
thur, le collectionneur de portes, qui n'arrête pas de
percer les murs de sa grande baraque afin d'y installer sans cesse de nouveaux huis, transformant
lentement celle-ci en un dangereux gruyère. Et il y

a encore le père Loiselle qui s'empiffre à la journée
longue dans la cuisine du presbytère. Outre sa
spectaculaire boulimie, celui-là est spécial à un
autre titre, car c'est l'ami de Luc. Nous nous arrêtons
souvent pour le saluer, politesse dont nous profi-
tons pour nous goinfrer de bigorneaux et de bei-
gnets. Le prêtre a un sérieux problème de circonfé-
rence, mais il dit que ce n'est pas sa faute : ce serait
à cause de la fâcheuse rivalité qui oppose entre
elles les cuisinières du royaume, cette conspiration
de la fourchette, ce complot visant à le damner par
le péché de la table. Enseveli sous les tourtières et
les cipâtes au lièvre, bombardé de saumons en
sauce et de ragoûts de pourcil, anéanti par les tartes
aux plaquebières, les pets de sœurs et les pavillons
auriculaires du fils du Gars des vues, le pauvre
prêtre a depuis longtemps capitulé, se sachant voué
aux lucifériennes digestions de l'Enfer. Ça n'empêche pas Luc de le tenir en haute estime. Loiselle
est à ses yeux un homme de grande sagesse, et il
lui voue un respect galactique. Le bon prêtre se
soucie du bien-être de Luc. Il s'informe toujours de
sa santé, et aussi de la façon dont se passent les
choses à la maison, sujet qui semble lui inspirer de
l'inquiétude. Le père de Luc n'est jamais évoqué de
manière explicite, mais je devine qu'il se dresse au
cœur de cette crainte. On sent que ça frictionne
entre l'ecclésiastique et le pêcheur, et Luc m'a confié que c'est à cause de son boulot d'enfant de
chœur. Son père déteste la religion en général, et
Loiselle en particulier. Il enrage de savoir Luc passé
à l'ennemi et exige que ça cesse, mais Luc résiste

car il aime le prêtre. En dépit de l'opposition paternelle, il continue donc d'endosser chaque dimanche
son aube trop courte et jure qu'il persistera quoi
qu'il advienne, ne serait-ce que par loyauté envers
celui qui, le premier, l'a appelé son fils à travers la
grille du confessionnal.

❑

Maman est ce jardin de givre, cet étang gisant au
nord de toute Norvège, et rien ne laisse prévoir un
prochain dégel. Je me console à la pensée de n'être
pas tout à fait seul dans l'épreuve, car Luc aussi a
une mère au large. Elle est partie peu après sa naissance. Disparue en ne laissant derrière elle qu'un
nom : Chantal Bouchard. Luc lui en veut-il de
l'avoir abandonné ? On ne dirait pas, mais elle doit
beaucoup lui manquer car il s'efforce de se souvenir d'elle sous divers visages inventés. Dans un cahier, il collectionne les mères. On y trouve des images découpées dans des revues et des catalogues,
des collages de photos où Blanche-Neige et Vampi-
rella sont hybridées, et la Vierge associée aux pages
centrales de vieux *Playboy*. Ce doit être tentant de se
créer une mère idéale, et Luc ne s'en prive pas,
jouant peut-être à s'imaginer qu'il vit avec l'une,
puis avec l'autre, puisant à son gré dans ce harem
maternel. Son cahier à mères contient aussi des
dessins, des portraits qui représentent tous le même
visage beau et triste d'une jeune femme aux cheveux mêlés de vent. Quand nous allons voir le père
Loiselle, Luc sort ses croquis récents et lui demande

son avis, car à l'époque de son baptême, le prêtre l'a un peu connue, cette Chantal évanouie, et il accepte de guider son crayon par souvenir interposé. Ainsi, les yeux? Plutôt comme ça, la courbe des paupières? Et les lèvres, comment étaient-elles? Le père Loiselle répond de son mieux et, par la suite, profitant d'une pause pendant la chasse, Luc se penche sur son cahier et reprend encore ce même portrait, qu'il tente d'affiner par procuration. Il arrive qu'un sentiment d'impuissance l'emporte et qu'il déchire la page. Parfois aussi, à ses jours cubistes, il dessine une étrange mère surréaliste, mi-femme mi-poisson, et c'est alors parmi les vagues que flotte sa chevelure. De toute façon, ça reste un jeu morose; Luc sait bien que des mères en papier, même par centaines, ça ne pourra jamais en valoir une vraie, fût-elle aux abonnés absents comme la mienne.

Sept

Malgré une maigre chasse, ça a été un grand jour pour Luc, car il a goûté ses premières pinoises. Je savais que Grand-mère en avait cuit avant de partir à sa réunion du club de golf sur sable, et j'avais planifié l'attentat. Profitant de ce que Grand-père était occupé, nous nous sommes insinués dans la maison comme des fumées arabes et, le charme aux narines, nous avons flotté jusque dans la cuisine où nous attendaient les succulences. Elles refroidissaient sur le comptoir, dodues, affriolantes, tellement irrésistibles que nous les avons toutes dévorées, avant de nous enfuir par-derrière. Mais je ne perdais rien pour attendre. Quel sermon au souper ! Grand-mère était ulcérée d'avoir trouvé en rentrant sa cuisine infestée de miettes. Et de plus, comme si le forfait culinaire n'était pas assez odieux, elle m'avait vu repartir en compagnie de Luc. Son désarroi était grand. Le voisinage étant peuplé de si nombreux enfants de bonnes et honnêtes familles, elle ne comprenait pas que j'aie pu choisir de m'acoquiner avec le « fils Bezeau », ce gamin crasseux et déguenillé, ce vivant défi aux règles de l'hygiène et de la bienséance. Nous avons discuté fort. Par chance, Grand-père était de mon bord, et après maintes arguties, Grand-mère a fini par admettre que Luc n'était peut-être pas le pestiféré précédemment décrit. Elle a reconnu qu'on ne pouvait le blâmer de ce qu'il était, qu'il n'avait pas choisi son père, après tout, et que sa qualité d'enfant de chœur pouvait constituer un gage de moralité. Elle ne m'a pas interdit de le revoir, mais il a fallu que je fasse une kyrielle de promesses, dont celle de ne jamais mettre les pieds chez lui, et aussi de prendre des mesures prophylactiques exceptionnelles, à cause de la possible contamination.

Pauvre Grand-mère. Je comprends qu'elle puisse être déroutée par la personne de Luc. Et encore, elle ne le juge que sur l'apparence, ignorant tout de ses véritables singularités. Que ne craindrait-elle pas en nous voyant fumer comme des professionnels et nous entraîner au lancer du couteau sur ce mannequin fait de vieilles bouées que Luc a baptisé Canuel. Si elle savait nos périlleux jeux de risque et toutes ces stupides acrobaties auxquelles nous nous livrons parmi les rochers escarpés de Pointe-Rouge. Aux yeux de Grand-mère, Luc est un cactus, une version censurée du vilain petit canard, sans le cygne à la fin. Elle ne voit pas plus loin que l'écorce, et qui pourrait l'en blâmer au fond ? Pour savoir où réside la grâce de Luc, il faut le côtoyer assez longtemps et le voir aller au naturel, le nez au vent. Pour comprendre sa beauté particulière, il faut le jeter à l'eau et le voir nager avec le voluptueux enthousiasme d'un phoque. Ses membres trop maigres et ses pieds en spatules, qui l'affublent au sec d'une démarche de pingouin, lui servent alors de palmes naturelles et lui permettent de fendre la vague avec assurance. On dirait que même sa peau s'assouplit au baiser iodé de l'onde bienveillante. Luc plonge avec le bonheur d'un marsouin et il est doté d'un souffle phénoménal ; s'il voulait participer aux joutes d'apnée qui se disputent en juillet, à la gueule de la rivière, personne ne pourrait le vaincre, et surtout pas moi qui n'en suis encore qu'à me chronométrer dans la baignoire.

Luc, l'océan lui coule dans les veines, et quand il s'arrête à le contempler, on dirait qu'il regarde en lui-même. Cédant à l'enchantement, il s'accroupit au bord de l'eau et oublie tout le reste. De sa gorge montent alors des gloussements flûtés, des claquements de langue, des jappements semblables à ceux d'une otarie. Lorsqu'il dialogue ainsi avec les vagues, n'essayez pas de lui adresser la parole ; il ne sait même plus que vous existez. On dirait qu'il célèbre en privé une messe primitive, élémentale.

Tout ce qui concerne la vie du Golfe le fait attentif. Grâce à ses lectures, il sait différencier aussi bien les espèces de poissons et d'oiseaux que les variétés d'algues ou de mollusques. En fait, il s'entraîne à les classifier. La complexité de l'arbre biologique ne lui fait pas peur ; singe savant, il bondit avec aplomb parmi les branches de cette mangrove de phylums, de sous-ordres et de genres. Il a rarement besoin de consulter le guide de la faune littorale qu'il trimballe dans sa musette. Souvent, pour le plaisir, il me demande d'ouvrir le livre et de choisir

l'une ou l'autre famille de crustacés ou d'échinoder-
mes, qu'il s'amuse à égrener jusque dans ses sous-
espèces, et il transforme ce charabia en un chant de
marche, une sorte de rap qui scande nos pas : *Meso-
desma arctatum – siliqua – costata – ascophyllium nodo-
sum – strongylo dröbachensis…*

❑

J'ai profité de ce qu'ils étaient en mer pour aller
chez eux. Je sais que leur tanière est un territoire
interdit, mais cette zone sinistre excitait trop ma curiosité, et comme la porte n'était pas barrée…

La misère des lieux m'a sauté en pleine face. La
roulotte est crasseuse, envahie par les sables et le
western radiophonique. La vaisselle rampe sur le
comptoir. Des agrès de pêche traînent sur les meubles parmi des bouteilles vides et des cendriers qui
débordent. Dans le salon, il y a deux fauteuils dé-
foncés, un vieux monstre de télé espagnole, un
magnétoscope médiéval et, éparpillées un peu partout, les pièces d'un moteur hors-bord à moitié démonté. La salle de bain est un cloaque ; rien que
l'odeur abrégerait les jours de Grand-mère. En comparaison, la chambre de Luc m'a paru plutôt bien
rangée. Les murs sont placardés de poissons et de
photos de Cousteau. Mais l'antre de son père est
rempli de seins et de senteurs préhistoriques. Revenant vers la baie vitrée du salon, j'ai dirigé mes jumelles vers le large pour m'assurer qu'ils pêchaient
toujours. Ils étaient bien là, au bout du verre, aca-
riens tanguant sur une peau de schtroumpf. Tandis

que je les observais, il y a eu tout à coup un scintillement. J'ai songé qu'eux aussi devaient avoir des jumelles, qu'ils pouvaient me voir, et je me suis pressé de déguerpir en catimini.

Luc s'arrange pour éviter que je rencontre son père, et ça me convient parfaitement. Je m'en fais un portrait de bête à grand'queue, et tout ce que j'entends dire de lui avive cette image de tarasque. Quand Luc parle de son père, il l'appelle « le Chien », et on comprend vite qu'il préférerait ne rien devoir à ses gènes. D'après ce que j'en sais, le Chien effrite sa vie dans les tavernes de Villeneuve. Ses mots sont durs, ses paumes aussi, et ses gestes brusques. Luc est confiné à des tâches d'esclave, qu'il accomplit sans regimber car il faut bien manger et avoir un toit sous lequel s'abriter en janvier. Le Chien le bat régulièrement, et pas avec le dos d'une cuillère. Alertés par l'institutrice, des inspecteurs de la DPJ sont venus l'interroger à l'école mais ils n'ont pu rien retenir contre le Chien, car Luc refuse de témoigner. Il m'a expliqué pourquoi, mais je ne suis pas sûr de bien comprendre : il sait qu'il pourrait faire encabaner son bourreau en acceptant de parler, mais c'est justement ce qu'il ne veut pas. Il craint d'être déporté, placé en famille d'accueil à Villeneuve. Et c'est une chose angoissante pour lui que la perspective de ce possible exil, car il a besoin de la mer pour exister. Il est persuadé qu'il ne survivrait pas loin d'elle, que son sort serait celui d'un crabe perdu au milieu du Sahara. Alors, il endure. Il attend d'être assez grand pour régler ses comptes avec le Chien. Il a l'habitude, après tout. Il sait en-

caisser; les coups et les injures, il connaît. La seule
chose qu'il ne supporte pas, c'est que le Chien s'attaque à la mémoire de celle qui s'est enfuie. Et il le
sait, l'animal. Il en profite. Il fait exprès, le Chien
sale...

❏

Luc connaît des plongeurs, de vrais hommes-
grenouilles. Ils travaillent au port de Villeneuve
mais préfèrent vivre à Ferland dans un chalet loué.
Ils sont trois : Joël, Marc et Luigi, des gaillards re-
cuits et barbus, nimbés d'une aura héroïque. Luc
trouve qu'ils font le plus beau métier du monde. Il
fait leurs courses au dépanneur, en échange de
quoi ils le laissent traîner chez eux le soir et écouter lorsqu'ils évoquent les beautés et les périls des
profondeurs, le comportement amical des gibards,
la crainte d'être pris pour un loup marin et croqué
par une orque. Le samedi, lorsqu'ils font l'entretien
de leurs scaphandres, Luc les mitraille de questions,
car il brûle de savoir comment ça fonctionne. Il
donnerait cher pour faire un petit essai, mais ils ne
peuvent pas le permettre à cause des lois. Luc n'a
pas l'intention de se laisser arrêter par de telles bêtises et il a résolu d'acquérir son propre équipement
de plongée. C'est pour ça qu'il économise comme
une fourmi l'argent de ses bouteilles. Le problème,
c'est qu'au prix actuel des scaphandres, il faudra des
siècles pour rassembler la somme nécessaire, et Luc
se demande parfois s'il ne serait pas plus simple
d'apprendre à respirer directement dans l'eau,

comme les poissons. Il sollicite mon opinion là-
dessus, et le pire, c'est qu'il a l'air sérieux. Pourquoi
pas ? insiste-t-il, car si on met les choses en perspective, est-ce que l'Homo sapiens n'est pas issu du
grand triton originel ? Et d'un point de vue darwi-
nien, qu'est-ce que le poumon sinon une évolution
des branchies ? Il persiste, il veut savoir ce que j'en
pense, mais je me garde d'encourager de telles
inepties. Il se résigne et finit par changer de sujet,
continuant de gonfler son pneu en prévision du
jour béni où il pourra enfin se payer le scaphandre
de ses rêves. En attendant d'être assez riche pour
imiter les baleines, il se contente de les admirer.
Comme il les envie, celles-là, lorsqu'elles passent au
large en nobles troupeaux. Quand elles s'appro-
chent pour chasser le krill ou batifoler au bord, il
nage à leur rencontre et se laisse couler dans la
diapre pour les voir planer, immenses mais légères,
et froisser du dos l'alumin de la surface. Il ne se
lasse pas de les entendre chanter et cliqueter. Il
aime surprendre leurs bavardages. Il voudrait bien
savoir de quoi elles parlent, ces éternelles errantes,
et je me demande aussi : de quoi causent-elles dans
leur grand morse ?

❏

L'océan a aiguisé ses sens. Du moutonnement
des vagues, de l'odeur du vent, des façons des
sternes et de cent autres présages, Luc augure le
temps à venir. C'est le don des grands espaces et
des horizons violets, la conséquence de toutes ces

nuits qu'il passe au grand air dans un vieux sac troué. Car il aime tellement la mer qu'il dort avec. Pourquoi devrais-je m'en étonner ? Est-ce que son histoire n'est pas celle d'un type à coucher dehors ?

Il rêve son enfance au pied d'une dune devant chez lui. Seule la pluie parvient à l'en chasser, et même alors il préfère s'abriter sous la barque renversée plutôt que dans la maison. Il dit qu'on dort mieux sur la plage, que les songes y sont plus vivaces et que, même éveillé, il y a toujours des choses à voir. Il parle d'animaux sauvages, de porcs-épics, d'orignaux et même de loups en manque de sel qui sortent de la forêt et viennent jusqu'au rivage pour laper un coup d'Atlantique. Il évoque ces luminosités sous-marines qui parfois se meuvent au large à contre-courant, et s'efforce de me décrire ce drôle de type, ce golfeur fou qui vient s'entraîner sur la grève à la lune noire, avec des balles phosphorescentes. Il raconte les comètes et les phases lunaires, les aurores boréales, les novas, les météores, et dans ses mots c'est comme un feu d'artifice. Il en sait un bout sur les étoiles, Luc. Il a beaucoup étudié la nuit, cette caverne aux parois incrustées de gemmes. C'est un grand configurateur d'astres. Préférant ignorer les constellations ordinaires, il a inventé les siennes qui sont d'inspiration marine : l'Anémone, le Dauphin, l'Hippocampe, la Raie, le Barracuda…

Nuit après jour, il s'accorde aux humeurs de la mer. Serein lorsqu'elle est étale, houleux quand elle se creuse, il se hérisse lors des tempêtes, et je devine qu'en janvier, dès l'apparition des glaces, il doit s'encoquiller au creux de lui-même. D'ailleurs, il déteste l'hiver et trouve injuste de devoir subir chaque année sa tyrannie. Il pense que sa naissance sous une si haute latitude est une erreur qu'il jure de corriger un jour. Il a d'équatoriales ambitions. Il voudrait vivre aux Galápagos et lézarder sous un ciel suave. Il fantasme des palétuviers, une onde tiède aux profondeurs cristallines et des poissons bariolés. C'est là-bas, au soleil brûlant des tropiques, que ses os blanchiront un jour; il en fait le vœu.

Huit

Luc a demandé de m'accompagner à l'hôpital. Il voudrait voir ma mère. Ça ne m'a pas vraiment surpris; depuis un bout de temps, je le sentais tourner autour du sujet comme un requin en maraude. Pauvre Luc, il s'invente de prodigieuses maternités, mais en réalité il n'y connaît rien. Une mère, il n'a qu'une idée vague de ce que c'est vraiment. Ça l'intrigue à mort, et c'est pourquoi il s'intéresse tant à la mienne. La mère d'un ami, c'est déjà mieux que n'importe quel fantôme, et il m'interroge sans cesse, désirant tout savoir à propos de ces fameuses vertus maternelles qu'on vante tant à la télé et ailleurs.

Pour l'hôpital, j'ai répondu oui. Je ne voyais aucune raison de refuser, à condition bien sûr d'agir à l'insu de Grand-mère, qui ne comprendrait pas et grimperait aux rideaux. Nous prendrons l'autobus tôt demain et elle ne saura rien. Il fallait voir l'enthousiasme de Luc. N'aurait pas été plus excité si je lui avais offert un billet pour les Galápagos.

❑

Nous avons débarqué à l'hôpital à huit heures.
Luc a provoqué quelque étonnement parmi le
personnel de l'étage avec son air de poulpe frais,
mais on nous a laissés accéder à la chambre de
Maman. Une fois là, Luc a été pris par une sorte
de trac. Il ne voulait plus entrer. C'était comme si
le seuil de cette pièce marquait une frontière magique qu'il n'osait pas franchir. Puisque c'était
comme ça, je l'ai laissé planté dans le corridor et
je suis entré seul pour prendre soin comme à
l'ordinaire de ma chère maman de cristal. Luc fati-
guait dehors. Son œil de carpe pointait dans l'em-
brasure. Il semblait hypnotisé par la septentrio-
nale beauté de celle qui gisait. C'est vrai qu'elle
était belle, ma mère au bois dormant. Le matin
la parait d'or oblique et faisait de la chambre
un mausolée de science-fiction. Même captive du
cinquante-quatrième kilomètre, même quasi morte,
elle restait belle et je m'en sentais fier comme si j'y
étais pour quelque chose.

Luc a fini par s'approcher sur la pointe des pieds,
tout intimidé. Il m'a regardé réchauffer doucement
la main de cire de Maman. Puis il s'est décidé à
m'imiter, soulevant son autre main et y transférant
toutes les calories qu'il pouvait. Nous sommes res-
tés ainsi assez longtemps, comme des sortes de
bouillottes latérales, chauffant ma mère par les
bouts. C'était un de ces moments bizarres qu'on a
l'impression d'avoir déjà vécus. Le temps était en
panne et Luc en profitait pour sombrer dans une
transe d'adoration tandis que je me surprenais à
voir en lui une sorte d'improbable frère.

Quand est venu le moment de partir, il n'y avait plus moyen de le décoller du lit. Il restait agrippé, ivre de proximité maternelle. Je lui ai rappelé que l'heure de visite de Grand-mère approchait et qu'elle pouvait surgir à tout instant, mais il n'écoutait pas. Obnubilé, il mangeait Maman des yeux et restait accroché à sa main. Je sentais qu'il aurait aimé demeurer seul avec elle et j'ai presque failli sortir, puis je me suis ravisé, car après tout ce n'était pas mon rôle. Je n'allais pas lui octroyer un tel privilège ; il aurait pu profiter de mon absence pour la butiner comme un crabe et l'embrasser goulûment, histoire de voir si ça fonctionnait comme dans les contes. Je ne suis quand même pas si généreux de ma mère et, pour le lui faire comprendre, j'ai jalonné de baisers jaloux la propriété privée de son front bien-aimé. Ça a eu pour effet de secouer Luc et il a enfin consenti à me suivre, non sans avoir déposé sur la dormeuse un dernier regard de batracien énamouré.

Un malaise nous a accompagnés jusque dans l'autobus et s'est carré entre nous sur la banquette. Nous étions muets sur le chemin du retour. Je me sentais coupable, et bien égoïste. Je m'en voulais d'avoir si sèchement abrégé l'expérience cardiologique sans doute cruciale pour Luc de côtoyer enfin une vraie mère. Il regardait les îles défiler à travers la vitre du bus. Il continuait de ne rien dire et j'ai tenté de m'intéresser au film d'épinettes qui passait en accéléré de mon côté. J'ai sursauté lorsque sa main s'est posée sur mon épaule. Il me regardait avec une gravité qui transcendait son sérieux habituel et, tout à coup, comme par télépathie, il a exprimé le fin fond de ma pensée :

— Il faut qu'on la réveille.

Son regard était franc, exempt de toute arrière-pensée. Il m'offrait son aide. Et j'ai été secoué par un tremblement de cœur. La réveiller, oui, avant qu'il soit trop tard. La réveiller avant que l'amertume chlorhydrique ait trop gravement rongé les tuyaux et que la plomberie cède. La réveiller avant que figent les laves d'espoir, pendant que c'était encore chaud, parce que sans elle le monde finirait par se lasser de tourner, parce que sinon ce n'était plus vivre. La réveiller, cent fois oui. Mais comment ?

Les yeux de Luc étaient des yo-yo. Il réfléchissait, et c'était l'offensive, la charge des neurones, le déploiement de l'artillerie cérébrale. Un instant, j'ai bien cru qu'une graine de génie germait dans la serre surchauffée de son crâne et qu'allait naître une idée neuve, une solution originale, mais comme nous quittions la route 138 pour nous engager sur le chemin du village, il s'est contenté de déclarer qu'il prierait pour la guérison de Maman. La belle affaire. Le beau remède. Et il semblait ravi d'avoir trouvé ça tout seul.

Plus tard, en soirée, j'ai songé qu'après tout l'idée n'était pas plus bête qu'une autre. Je me suis demandé si peut-être je n'avais pas eu tort de condamner trop expéditivement le Gars des vues. Car enfin, que sait-on des contraintes auxquelles sont soumis les dieux ? Décidant d'accorder une dernière chance au Grand Fanal, je me suis agenouillé auprès de mon lit et je lui ai présenté mes excuses, le

suppliant humblement de faire quelque chose pour
Maman. Je mettais le paquet côté foi, car je voulais
que ça marche, mais au bout de dix minutes j'ai su
que je téléphonais dans le vide. Ça ne répondait
pas. Ça ne sonnait même pas. Aucun service au
numéro demandé. Au moins, je savais à quoi m'en
tenir : il n'y a pas de marionnettiste ni de fils invi-
sibles. Le Gars des vues n'est qu'un autre père Noël
auquel il faut bien cesser de croire un jour.

C'est dur de savoir qu'on est seul. Afin de m'assurer qu'il existait quelque chose de plus vaste que
ma solitude, je suis allé à la fenêtre et j'ai tenté de
mesurer la mer. Quelque part à l'ouest, Luc doit être
couché dans son sac en train de humer les étoiles,
ou de prier peut-être. J'espère qu'il aura davantage
de chance…

❑

D'habitude, il m'attend dans les marches, mais ce
matin il n'y était pas. Luc en retard pour la chasse,
c'était une première, et je suis allé à sa rencontre.
En arrivant chez lui, j'ai entendu des sons, les bre-
douillis aqueux qui lui servent de jurons lorsqu'il
est en colère. Ça provenait de sous la barque, et c'est
là que je l'ai trouvé, prostré et tuméfié. Le Chien
l'avait rossé encore une fois. J'ai pu comprendre que
le porc avait souillé sa mère, qu'il l'avait traitée de
salope, accusée de s'être tapée tous les marins du
port, et qu'il avait continué de la piétiner ainsi jusqu'à ce que Luc n'y tienne plus et réagisse, fournis-
sant lui-même le prétexte d'une bonne raclée.

— C'est rien que des menteries, faisait Luc en s'aiguisant les phalanges aux membrures de la chaloupe.

Et à travers ses sanglots, il défendait sa mère. Ce n'était pas une putain ; c'était au contraire une femme vertueuse. Elle l'avait abandonné, oui, mais il était persuadé qu'elle avait dû avoir une bonne raison, que c'était parce qu'elle n'avait pas pu faire autrement. Il savait qu'elle pensait à lui où qu'elle soit. Il disait qu'elle reviendrait le chercher un jour et qu'ils partiraient ensemble, qu'ils iraient vivre au soleil des tropiques. Mais, en attendant, il n'y avait que cette brise qui frayait dans ses cheveux, ces limaces scintillantes qui lui mangeaient les joues et cette détresse tentaculaire qui ardait de partout. J'ai essayé de le consoler mais je n'ai pas réussi. Il voulait être seul. Il est allé dans les Gigots et moi je suis rentré le cœur gros. J'aimerais savoir comment apaiser sa douleur. Je me demande où elle est, cette mère fugitive. Est-ce qu'on ne pourrait pas tenter de la retrouver ?

❏

Ça, c'est plus bizarre que tout. Je n'arrêtais pas de penser à la mère de Luc et, comme je me sentais d'humeur à enquêter, je suis allé trouver Grand-père dans son fumoir. Tout en l'aidant à brasser sa saumure, je l'ai interrogé à propos de la mystérieuse Chantal et j'ai senti que mes questions l'ennuyaient, car il n'y faisait que des réponses marécageuses. La mère de Luc, il ne l'a pas vrai-

ment connue car elle n'a vécu à Ferland que briè-
vement. Une jeune femme discrète, qui sortait peu
de chez elle et que Grand-père ne voyait jamais
qu'à l'église dans les mois qui ont précédé sa mort.
Car elle est morte.

Elle s'est noyée dans la baie par une nuit de
juillet, il y a dix ans, quand Luc n'était qu'un bébé.
Une baignade qui aurait mal tourné. Grand-père
pense qu'elle aurait sous-estimé la force des courants et qu'elle a été emportée. On n'a jamais retrouvé son corps, en tout cas. Seulement ses vêtements, sur la grève le lendemain.

J'ai l'impression d'avoir été catapulté dans la
quatorzième dimension, et l'atterrissage est rude.
Cette façon qu'a Luc de parler de sa mère, toujours
au présent, comme si elle était vivante. Il ne peut
pourtant pas ignorer la vérité. Ou serait-ce qu'il refuse de l'accepter ? S'imagine-t-il qu'elle ait pu sur-
vivre ou s'enfuir à la nage ? Au moins je comprends
mieux cette fascination absolue qu'exerce sur lui
l'océan. Ces bras liquides dans lesquels il aime tant
se fondre… Dans ces eaux profondes qu'il veut tant
explorer, n'est-ce pas une femme engloutie qu'il recherche, sa mère dans la mer ?

Neuf

La narcose à l'azote se manifeste par des phé-
nomènes hallucinatoires et des actes incontrô-
lés (enlèvement de l'embout, perte de l'orienta-
tion, arrachage du masque, comportement
incohérent ou indifférent à l'égard des autres
plongeurs, etc.) qui peuvent entraîner un accident de plongée (noyade, surpression pulmo-
naire, accident de décompression…).

Ça me barbouille, cette histoire à propos de la
mère de Luc, mais j'ignore par quel bout m'y
prendre pour en discuter avec lui. C'est à cause du
crabe, ce crustacé antipersonnel qui mine le terrain
et complique l'approche. Il faudrait que ce soit Luc
qui aborde le sujet et rien n'indique qu'il en a l'intention, bien au contraire. Il ne souhaite pas parler
de la disparition de sa mère. Il préfère discuter de la
façon de réveiller la mienne, et cette éventuelle résurrection devient pour lui une préoccupation majeure. Pas besoin d'être Freud pour comprendre :
Luc transborde dans les cales de ma maman la cargaison d'attention qu'il n'a jamais pu livrer à la
sienne.

Il a déniché une encyclopédie médicale qu'il consulte à tout bout de champ, lisant ce qui a trait au coma, à la catalepsie et aux mouches tsé-tsé. Il se familiarise avec le mal. Nous allons voir Maman presque chaque matin, et Luc étudie, rumine. Il observe les méthodes médicales et désapprouve beaucoup. Il est fort critique à l'égard de ceux qu'on paie pour soigner Maman et va jusqu'à douter de leur compétence. Il pense que les toubibs n'arriveront à rien. Il affirme qu'il faut prendre les choses en mains. Puisque ses prières restent vaines, il imagine d'autres types de thérapies, comme tirer Maman de son lit et la faire marcher de force. Nullement démonté par mes objections, il s'attaque ensuite au problème du réchauffement maternel et propose qu'on enroule Maman dans une couverture électrique, puis qu'on pousse à fond le chauffage de la chambre. Ses idées sont toutes pétries de cette zouave farine, et je ne lui pardonne l'émission de pareilles sottises qu'au su de ses valeureuses intentions.

Augmenter le chauffage. Pourquoi ne pas la mettre au four à quatre cent cinquante degrés, tant qu'à faire ? Et un petit coup d'électrochoc avec ça ?

❑

Ce matin, au retour de la messe, Grand-mère m'a causé toute une surprise lorsqu'elle a annoncé son intention d'inviter Luc à souper. « Le pauvre garçon ne doit pas souvent faire un vrai repas. Ça lui fera du bien de manger un peu », a-t-elle dit comme en s'excusant, justifiant ce subit revirement d'attitude. Il faut croire que la dominicale exhibition de l'ossature de Luc avait fini par l'émouvoir. En tout cas, elle m'a chargé de transmettre l'invitation. Je m'attendais à ce que Luc décline celle-ci. J'étais sûr que sa timidité naturelle allait l'emporter sur les considérations stomacales, mais c'était le jour des surprises : il s'est empressé d'accepter. Il a promis d'être là à six heures. C'est seulement ensuite que j'ai pris conscience des risques de dérapage. Je connais Grand-mère ; elle profitera de l'occasion pour sonder Luc à fond, et je vois mal comment empêcher que n'éclate au grand jour la zouaverie innée qui fait le fond de son caractère. Mais il est trop tard pour renverser la vapeur ; advienne que pourra. Je me rassure en me disant que Luc n'a pas grand-chose à perdre côté prestige.

❏

Il s'est présenté à l'heure exacte, quasiment à la seconde près. Il s'était mis sur son plus haut chiffre, ce qui incluait des chaussettes et une chemise jaune qui devait être son vêtement d'apparat. De son côté, Grand-mère s'était défoncée pour la bouffe : au menu figuraient une chaudrée de pétoncles, un turbot aux olives et un énorme gâteau des anges. Il y avait de quoi nourrir une équipe de football et j'ai craint que Luc ne panique devant une telle abondance, mais heureusement il avait compris l'importance d'adopter un comportement civilisé. Il s'en est tiré avec les honneurs, nettoyant posément son assiette, acceptant volontiers une deuxième portion, puis une troisième, et scellant le tout avec la moitié du gâteau. Grand-mère était flattée, Grand-père admiratif, et moi soulagé d'une part de mes appréhensions. Après avoir servi le café, Grand-mère est passée en mode placotage. S'informant des résultats académiques de Luc, elle a été charmée d'apprendre qu'ils se situaient parmi les meilleurs. Rassurée quant aux capacités intellectuelles de mon ami, elle lui a demandé ce qu'il comptait faire quand il serait grand. Luc a déclaré qu'il voulait devenir biologiste marin. Mes grands ont convenu que c'était une vocation honorable et peut-être même utile, à condition de chercher un peu. Cette souriante unanimité l'encourageant à davantage de spontanéité, Luc a ajouté que de toute façon, quoi qu'on fasse, nos os à tous allaient finir par blanchir au soleil des tropiques. Un bloc de glace se fracassant sur la table n'aurait pas plus efficacement congelé l'atmosphère. Voulant sauver ce qui restait des meubles, je me suis mêlé d'expliquer qu'il ne fallait entendre dans cette macabre déclaration qu'un constat philosophique de la vanité de tout effort humain, ou quelque chose du genre, mais j'ai constaté que ça ne faisait qu'attiser la méfiance de Grand-mère. C'est le moment qu'a choisi Luc pour annoncer qu'il s'occupait de la vaisselle et, avant que quiconque ait pu réagir, il était au travail, ébouillantant allègrement les couverts, jonglant de terrifiante manière avec la précieuse porcelaine de Grand-mère. J'ai attrapé un torchon et je me suis efforcé de ralentir la cadence, tandis que la reine du foyer stressait au bout de la table et tressaillait à chaque entrechoquement.

Peu après, tandis que Grand-mère examinait ses assiettes en quête de fêlures, nous, les hommes, sommes passés sur la véranda afin de goûter la brise. Grand-père, qui se targue d'être un fin météorologue, a prédit qu'il y aurait le lendemain un vent d'est au montant. Luc a étudié les nues, puis confirmé, mais en précisant qu'il y avait toutefois un risque d'averse avant midi, ce qui a fait s'esclaffer le vieil homme. Luc étant ordinairement infaillible en ce domaine, j'ai l'impression que Grand-père rira moins demain, lorsque la pluie tambourinera sur le toit du fumoir, mais il pourra toujours sauver l'honneur en invoquant la chance du débutant. En attendant, la soirée était tendre, le fond du vent ludique, et il m'est venu tout à coup l'idée d'inviter Luc à dormir à la maison. Il a d'abord cru que je l'embouvetais, puis, voyant que j'étais sérieux, il a accepté, aussi impressionné que si je lui avais proposé le Manoir Richelieu. Grand-père a donné son accord en claquedent. Grand-mère a paru troublée à la pensée que Luc puisse coucher sous notre toit, mais elle n'a pas eu le cœur de me refuser cette faveur, et a donné son aval. À condition bien sûr que le projet reçoive l'approbation du père de Luc. Mon ami a affirmé que son papa n'y verrait aucun inconvénient, mais Grand-mère a insisté ; elle tenait à obtenir son autorisation. Elle a voulu téléphoner, mais Luc a expliqué qu'on leur avait coupé la ligne. Il a proposé d'aller plutôt prévenir son père en personne et il est parti à la course sur la plage. Une demi-heure plus tard, après s'être dérouillé les mollets dans les dunes, il a retonti avec la supposée bénédiction de l'animal. Je n'allais pas lui reprocher ce mensonge bénin ; j'étais trop content que ça marche.

Nous avons fait un gros feu et incinéré un plein sac de guimauves innocentes, puis quand Grand-mère est montée se coucher, Luc a prié Grand-père de lui enseigner le claquedent. L'ancien a consenti à l'instruire et Luc s'est révélé fort bon élève, car il avait la mâchoire solide et la soif d'apprendre. Après une seule leçon, il connaissait déjà l'alphabet morse presque par cœur et mordillait la nuit en virtuose. Grand-père a débouché une canette et décrété que l'heure des peurs était venue. Nous avons eu droit à l'histoire de Jos Chibougamau, le roi des bûcheux de Matagami, un ardent massacreur d'arbres que Grand-père prétendait avoir connu en personne au temps d'une aventureuse jeunesse et que d'ombrageuses déités boréales avaient choisi de punir en lui crevant les yeux. Aveuglé, égaré dans les bois, Jos s'était laissé surprendre par la nuit. Je pouvais le voir errer sur l'écran des flammes tandis que la voix fumante de Grand-père planait parmi les postillons incandescents. Ma nuque s'est hérissée quand un arbre vindicatif s'est écroulé sur Jos, le coinçant sous son poids ; et lorsque des légions de barbeaux carnivores se sont assemblées dans un grand croustillement de chitine pour le couvrir et le dévorer vivant, il m'a semblé que la nuit elle-même se penchait pour mieux écouter et vibrer aux hurlements démentiels du bûcheron maudit. Un silence a salué la fin atroce de Jos Chibougamau. Puis nous nous sommes jetés aux pieds de Grand-père en réclamant un second conte, mais il n'a pas voulu à cause de l'heure tardive. Après avoir uriné dans le feu comme des pompiers géants, nous sommes allés nous coucher.

Il y a un second lit dans ma chambre, et Grand-mère y avait mis des draps frais. Nous étions trop excités pour dormir, mais c'était prévu ; d'ailleurs, c'était un peu pour ça que j'avais invité Luc : afin qu'il m'aide à déjouer les ruses du sommeil. Il était emballé par les multiples possibilités qu'offrait le claquedent ; il planifiait déjà de se transformer en professeur de morse auprès des cétacés. Puis nous avons discuté du cas de ma mère et du moyen de la réveiller. Luc songeait à lui administrer un choc thérapeutique : voulant combattre le train par le train, il proposait de lui faire jouer à plein volume l'enregistrement d'un klaxon de locomotive, mais il a fini par admettre que l'idée était peut-être grotesque. Parler de ces choses me pesait sur le cœur et penser à Maman me mouillait les yeux. Me voyant échoué à marée basse, Luc a entrepris de me renflouer, m'interdisant de m'autodétruire dans les dix secondes et me rappelant que j'avais le devoir de surnager. Il s'entêtait, continuait d'affirmer qu'il devait y avoir un moyen de récupérer Maman, et c'est alors qu'il m'a demandé de lui parler de mes rêves. Brumeuse requête ; je ne voyais pas le rapport avec ma mère, mais il m'a expliqué que, presque toujours, c'était en songe que lui apparaissait la solution d'un problème. Il pensait que la clé du réveil de Maman se trouvait peut-être dans mes rêves et il voulait que nous les analysions ensemble. La brume s'atténuait, mais que pouvais-je dire de mes rêves, moi qui les fuyais depuis des mois ? Je lui ai raconté mon insomnie volontaire et les terreurs qui en étaient la cause. Pour la première fois, j'ai évoqué à mots ténus le Kilomètre 54 et ses affres labyrinthiques, et l'horreur piaffante du Minotaure, ce monstre de fer. Ça faisait du bien d'en parler et de constater surtout que Luc se montrait intéressé. Il a vu dans mon refus de dormir la confirmation de sa théorie, l'explication même de l'interminable léthargie maternelle. Rien ne me paraissait moins évident, mais c'était pour lui limpide et il est revenu à la charge avec cette histoire de rêves, m'enjoignant de mettre un terme à la guerre du sommeil. Il voulait que je dorme, et que je rêve surtout, en restant attentif à tout ce qui pouvait concerner la résurrection de ma mère. Et là-dessus il a prêché par l'exemple, basculant dans les vapes et m'abandonnant à mes anxiétés.

Et me voici, écrivant à la lueur de ma lampe de poche, vivant une autre pâle nuit de chauve-souris. J'ai songé à suivre le conseil de Luc, mais la crainte du Kilomètre 54 l'emporte. Je n'ai pas le courage de rêver, mais ce n'est pas grave car Luc le fait pour deux. Il nage dans ses draps et s'y entortille en émettant des sons mouillés, des syllabes flûtées. Il parle, c'est sûr. Il discute avec un inconcevable interlocuteur dans ce liquide idiome qui est celui de ses poèmes. Balbutiera-t-il ainsi jusqu'à l'heure des mouettes ?

Dix

Grand-mère savait. Elle était au courant de nos expéditions à l'hôpital. Elle a tout appris d'une grande langue d'infirmier trop bien pendue, mais elle s'est gardée d'intervenir. Je pense que c'est à cause du souci évident que Luc se fait de la santé de sa fille ; ça l'a touchée. En tout cas, nos cachotteries n'ont plus de raison d'être : Grand-mère a autorisé Luc à nous accompagner officiellement. C'est donc en trio que nous effectuerons désormais nos pèlerinages auprès de Maman. Ça devrait simplifier les choses, ne serait-ce qu'au point de vue logistique.

❏

Je suis content que Luc vienne avec nous à l'hôpital. Nous ne sommes pas trop de trois pour partager le fardeau d'inquiétude croissante qu'induisent ces visites à ma mère, car il devient chaque jour plus évident que son état s'aggrave. Elle s'étiole. Elle fond comme une bonne femme de neige aux ardeurs de l'été. À ce train, je n'aurai bientôt plus

qu'un squelette à chérir, et les médecins n'y peuvent rien. Dépassés, les toubibs. Loin derrière dans
la poussière. De dignes représentants du Gars des
vues, en vérité.

Je trimballe mon lest d'impuissance. Que faire?
Que pourrions-nous tenter, pauvres enfants igno-
rants que nous sommes? Comment espérer vaincre
sur leur patinoire les grands Esculapes qui s'occu-
pent de ma mère? Pour voir se rouvrir ses yeux, je
vendrais mon âme, mais encore faudrait-il que se
présente un acheteur, un bon diable quelconque.

❏

Tombant du ciel à la rescousse des médecins, un
spécialiste itinérant a examiné ma mère et confirmé ce que nous savions déjà : elle décline. Il recommande de la transférer dans une éminente clinique expérimentale de la capitale, où l'on s'occupe
de cette sorte de mal. Mais c'est loin, Québec, et je
suis franchement contre. Je ne veux pas qu'on expédie Maman au bout du monde, là où elle sera
inaccessible ; la savoir abandonnée entre les griffes
avides d'une bande de savants fous me révolte.
Mais Grand-mère m'a expliqué que nous en sommes aux mesures ultimes et que nous n'aurons
peut-être pas le choix. Cette éventualité plane sur
moi comme un ptérodactyle. Luc tente de me ras-
surer mais je le sens également alarmé et nous
jouons au ping-pong du réconfort mutuel sans que
personne veuille vraiment gagner.

❑

Prenant un air de conspirateur, Luc a déclaré qu'il devait m'entretenir de choses urgentes et il m'a entraîné vers l'ouest, jusqu'aux premiers épaulements des Gigots. Après s'être assuré que nul tympan indiscret ne traînait aux alentours, il m'a annoncé qu'il avait bien réfléchi à la situation : puisque les médecins s'avéraient inaptes à réveiller ma mère et que les artifices de la science restaient aussi inopérants que ceux de la prière, il préconisait l'usage d'un moyen extraordinaire. Ce prologue a suscité mon scepticisme. Qu'allait-il me sortir : une autre histoire de klaxon enregistré, de four à micro-ondes, ou quelque nouvelle patente ? Mais il a affirmé que cette fois c'était sérieux, totalement différent. Quelque chose qui pouvait échouer, certes, mais qu'il fallait néanmoins tenter ; n'en étions-nous pas aux solutions extrêmes ? Il paraissait sûr de son coup. Il a commencé par me faire jurer le secret sur ce que j'allais voir, puis il m'a invité à le suivre dans la montagne. Et je me suis accroché à ses pas, me disant qu'au pire, je saurais enfin ce qu'il allait si souvent fricoter là-haut.

Nul sentier ne sillonnait les Gigots. Personne n'en avait tracé car c'était un lieu trop rébarbatif. Un amas de Lego géants. Une théorie de fractures carnivores et de crêtes moussues. Le royaume des maringouins. L'endroit rêvé pour organiser un Festival de l'entorse. Mais Luc les avait parcourus, ces os de basalte. Il en savait les méandres, les impasses ; il en connaissait les pièges et frayait hardiment son chemin. Indifférent à la morsure des épineux, il se hissait ou glissait, contournait ici une crevasse sournoise tapie sous une calotte de buissons puis bondissait là par-dessus une autre avec un culot de cabri. Il était obligé de m'attendre tandis que je crapahutais, misérable insecte perdu dans un cimetière de voitures. Je croyais être tantôt dans la nef d'une cathédrale vermoulue, tantôt dans une caserne bombardée que gardaient encore de sévères sentinelles, tantôt dans la cage thoracique d'un brontosaure qu'auraient imparfaitement nettoyée les siècles nécrophages. Les Gigots s'encaissaient, se perpétuaient, et je commençais à croire que leurs défilés interlopes se succéderaient à l'infini. Et pourtant, après avoir baptisé de ma sueur ces nouvelles Carpates et abreuvé de mon sang tous leurs minuscules vampires, après avoir emprunté cette corniche nasale qui dominait la vaisselle cassée des eaux, après avoir rampé au front d'une falaise battue par les vents, puis gravi une dernière cime souillée de guano, j'ai obtenu la récompense de mes efforts. Car en contrebas, tenaillée par la montagne, s'ouvrait une petite anse.

C'était une calanque où dormait une plage tissée de sables roux. Des eaux turquoise la baignaient et de grosses cayes l'abritaient des vagues. Après la chaleur, l'aridité, après la schizophrénie des épinettes, c'était comme un soupir que poussait la nature, une pause qu'elle s'accordait. Une caresse pour l'œil. Un morceau de tropiques échoué là au terme d'une longue dérive. Je n'avais plus qu'à suivre Luc et à descendre pour arpenter le miracle, arracher

mes godasses et fouler les sables doux de l'anse,
pour respirer sa paix, savourer sa sauvage beauté. À
la limite du montant, il y avait le cercle de cailloux
d'un foyer éteint, et un tronc poli où s'asseoir. Une
gentille cascade bruinait sur la paroi. L'anse était un
havre, une cachette sûre au cœur de roche des Gigots musculeux, le refuge parfait pour un zouave
tel que Luc. Il m'a guidé jusqu'à la commissure de
deux lèvres de granit, où bâillait l'entrée d'une
grotte. M'insinuant dans sa pénombre odorante, je
l'ai trouvée tapissée de sable, et de dimensions gé-
néreuses. Il y avait çà et là des bougies que Luc s'est
occupé de ranimer, et la grotte s'est imprégnée de
lumière, puis de couleurs, car son plafond était une
fresque tout à coup révélée. De vastes peintures
épousaient les aspérités du roc. C'était l'œuvre de
Luc. Des narvals côtoyaient des loups marins ; des
astéries et des homards voisinaient avec des
poulpes et des raies, des lunacies. Ici, des marsouins
jouaient dans les goémons et formaient des rondes
au-dessus de lumineux abysses, tandis que là, des
pâtres sirénéens chevauchaient des méduses et
guidaient vers de scintillants gagnages de plancton
leurs troupeaux de baleines, que là encore, des
monstres aquatiques s'affrontaient, fouillis de tentacules emmêlés, et des krakens dévoraient des requins.

Les murs de la grotte étaient tendus de varech. Il
traînait là un gros sac bourré de plumes de goéland,
qui devait servir de couche, et aussi une table basse,
ancien meuble de salon sur lequel se trouvaient un
assortiment de pinceaux et d'autres articles de bri-

colage, ainsi que des coquillages, des carapaces, des
arêtes et divers bijoux, bibelots ou masques créés à
partir de ces matériaux. Tout au fond, la grotte formait en s'achevant une sorte d'alcôve où vacillait la
lueur capricieuse d'un cierge pascal qui semblait
brûler en permanence. Et juste à côté, accroupie sur
un autel constitué de pierres plates, il y avait la
bête.

La vraie bête à grand'queue. Un monstre griffu,
un gros lézard patibulaire, celui que Luc avait l'habitude de dessiner partout. Ce museau d'enfer, cette
gueule barbelée et cette crête qui courait comme un
peigne ébréché jusqu'au bout de la queue. Le reptile ne bougeait pas. Il restait immobile dans son
habit de mailles, et c'était normal puisqu'il ne vivait
pas vraiment. Naturalisé. Empaillé, le saurien. Figé
à jamais, le sourire narquois qu'il semblait esquis-
ser. Seules brillaient les billes de son regard.

— C'est l'iguane, a fait Luc à mon oreille. C'est un
animal magique.

Sur le coup, j'ai cru qu'il s'agissait d'une farce,
mais Luc était grave comme une douzaine de papes. Je me suis penché pour mieux examiner le lézard. J'avais déjà vu des bestioles de ce genre à la
télé : un iguane marin des îles Galápagos. Des galets coloriés étaient disposés tout autour, comme
autant d'offrandes…

Onze

L'anse au Zouave, c'est comme un cantique, une
solution à l'équation complexe des éléments. Le
temps n'y est mesuré que par la grande clepsydre, et
les us ordinaires ne s'y appliquent pas. On s'y met
tout nu si on veut; on s'orne de colliers de coquillages, on coiffe des casques de varech et on fainéante
à loisir. On collectionne les plus belles vagues, on
escalade les murs ou on bricole tranquillement
dans la grotte. L'Anse, on s'y baigne beaucoup. On
nage autour des cayes, sous l'affouillis des falaises, et
à marée haute on peut plonger du haut des corniches. L'Anse est une carapace de nuages, un bunker
d'azur sur les murs duquel ricoche la réalité. C'est
une enclave de liberté où s'ébattre au grand soleil et
jouer avec la mer. Mais c'est aussi le repaire d'un
reptile, car il y a cet iguane qui réside en son cœur.

Bizarre cossin que l'iguane. Il n'est certes pas né du
dernier œuf; c'est un dur à cuire, une sorte de vieux
punk galvanisé, quoique bien conservé pour son âge.
On pourrait le replanter sur son bout de Galápagos
et croire encore qu'il se prélasse entre deux nages. On
s'attend presque à le voir bondir et vous filer entre les

jambes. Cette vitalité qui émane de l'animal, c'est surtout à ses yeux qu'il la doit. Ces pupilles de bronze
pulvérisé qu'on croit voir frémir, ces tisons enchâssés,
minuscules glaces déformantes. Il ne s'agit pourtant
que de billes de verre, mais elles semblent chargées
d'une vie brûlante. Où que vous soyez dans la grotte,
vous les sentez se poser sur vous, ces yeux, et suivre
vos déplacements avec l'acuité de ceux qui tapissent
les murs des manoirs anciens. Installé au centre d'un
champ de forces qu'il génère lui-même, l'iguane vous
magnétise. C'est une sorte de thermostat de la zouaverie ambiante autour duquel tout semble graviter et,
à le voir trôner ainsi sur son autel, on imagine facile-
ment qu'il puisse être investi de pouvoirs surnaturels.

Il vient de chez Mona Daigneault. C'est un iguane
loué avec option d'achat, car telle est l'entente qu'ont
conclue Luc et la luxuriante veuve. C'est pour ça, les
travaux qu'il effectue chez elle ; il acquitte le loyer de
l'amphibie. L'an passé, après le fatal infarctus de son
naturaliste d'époux, Mona avait engagé Luc pour accomplir diverses tâches manuelles, et c'est en faisant
le ménage du garage, un capharnaüm aux strates ri-
ches en surprises, qu'il a découvert l'iguane, coincé
entre une tête d'orignal et une carapace de tortue.
Comment le reptile a été arraché de son récif natal,
et par quel nouveau *Beagle* il a transité avant d'abou-
tir dans ce garage que feu Conrad Daigneault appelait son musée taxidermique, cela restera sans doute
un mystère, mais ce qui est certain en revanche, c'est
que Luc a éprouvé en le voyant un sentiment de reconnaissance immédiat. Je peux comprendre pourquoi : cet air deparenté extraterrestre qu'ils ont tous

deux, cette égale distance au monde et cette pareille
ambition aquatique. Une dissection permettrait-elle
de leur trouver des tripes communes ? C'est malheu-
reusement invérifiable puisque l'iguane est depuis
longtemps vidé des siennes, mais Luc affirme qu'il a
tout de suite ressenti la puissance de leurs affinités,
l'authenticité de ce jumelage occulte. Au premier
coup d'œil, il a su qu'il rencontrait un semblable, un
confrère en solitude, mais ce qui a ultimement opéré,
et scellé sa volonté d'adopter le saurien, c'est sa
science des rêves.

Il dit que l'iguane est une machine à rêves, un
instrument onirique, un outil magique servant à
faire voyager dans les songes. Il prétend que le reptile a le pouvoir d'ouvrir des brèches dans la membrane ténue qui sépare notre monde réel de celui
des chimères. Il précise que l'iguane est une sorte
de récepteur qu'il suffit de syntoniser, un peu
comme une radio, pour que vous viennent des
rêves pénétrants et cinglés, des rêves trépidants et
multicolores qui vous saisissent, vous transportent,
vous nourrissent. Des rêves qui en élucident d'autres ou qui s'élucident eux-mêmes. Et il m'offre
d'utiliser cette prodigieuse machine à rêves. Il veut
que je m'en serve pour entrer en communication
avec ma mère. Que je m'aventure dans la crépuscu-
laire contrée des songes, que j'aille à la rencontre de
Maman et que j'apprenne d'elle le moyen de la res-
susciter : voilà ce qu'il propose.

Quand même difficile à avaler. Imaginez, un
vieux lézard bourré de paille et d'anciens journaux
chiliens. C'est payer un peu cher la tonne de

nuages. Et pourtant, il y a ces escarbilles, ces yeux qui brillent d'une intelligence minérale dans la pénombre de la grotte. Cette façon qu'ils ont de scintiller doucement, comme une télé endormie n'attendant que d'être zappée. Ce sourire de l'iguane, comme s'il riait d'une blague subtile.

❏

Luc dit qu'il y a une suite, une séquence dans les rêves qu'émet l'iguane, que c'est comme un feuilleton quotidien où on joue le rôle principal. Lui, il renaît chaque nuit dans un monde aquatique. Il rêve qu'il est une espèce d'homme poisson, un triton parfaitement adapté à cet univers océanique. Et il porte un nom imprononçable : quelque chose qui ressemble à « Fngl ». C'est ainsi en tout cas que l'appellent ses congénères, car Fngl n'est pas le seul triton du quartier. Dans cette voluptueuse mer des fantasmes évoluent d'autres êtres aquatiques, que Luc appelle « légers », par contraste avec nous autres, les « lourds », pauvres humains appesantis par la gravité de notre condition terrestre. Luc dit que les légers sont des pèlerins, des aventuriers ou de simples vagabonds. Il les rencontre à la croisée de deux courants ou au détour d'un sentier liquide, et alors ils chantent et chassent ensemble, et disputent d'étourdissantes joutes natatoires, ou encore ils devisent de choses profondes dans les cavernes d'ondes où naissent les songes, où les formes abondent et se fondent. Ainsi s'expliquent les baragouinages et autres conversations humides qui pimentent son sommeil.

Douze

J e sais maintenant d'où lui vient l'inspiration de son langage flûté et des poésies égyptoïdes qu'il communique au papier. Tout ça est d'influence légère. C'est comme pour ses dessins ; ce que Luc vit et voit en rêve, il s'efforce de l'illustrer, de le peindre, et c'est à cette source que s'abreuve sa grande fresque sous-marine, œuvre qu'il espère peut-être transmettre aux futures générations zouaves et qui suscitera sans doute l'étonnement des archéologues de l'an 5000, en tout cas.

L'origine de son obsession de la respiration subaquatique n'est plus un mystère ; je sais d'où elle provient. Mais il reste à savoir où elle le mènera, car il trouve si exaltant de respirer dans l'eau des rêves qu'il a décidé d'en faire autant en état de veille. Il analyse le mécanisme, la sensation, et s'efforce de les reproduire. Il procède à des expériences. En fait, il se noie délibérément deux ou trois fois par jour et dégueule des litres d'océan, mais ça ne le décourage pas ; il continue de penser que c'est faisable. Sa résolution est inoxydable : il veut renouer avec les traditions oubliées de ses ancêtres à

branchies. Il croit vraiment y parvenir, et c'est perdre
son temps que de lui rappeler qu'il n'est qu'un
mammifère, que même les baleines ont besoin
d'air. Il prétend avoir découvert le problème fonda-
mental. Ce maudit réflexe musculaire qui bloque la
trachée pour prévenir la noyade : voilà ce qu'il faut
maîtriser. Et développer aussi davantage de force au
niveau du thorax, afin de faciliter l'expulsion de
l'eau. Dans ce dernier but, il se soumet à un programme d'exercices : avec une vieille chambre à air,
il a fabriqué un corset qu'il s'oblige à porter au
moins une heure chaque jour, afin de se muscler la
poitrine. Il se figure que cette discipline finira par
produire l'effet recherché. Il y croit pour de bon, à
ces iguaneries de l'Anse. Je pense qu'il accorde à
tout ça davantage de foi qu'à la morne réalité qui
sévit au-dehors, et le pire, c'est que ça semble con-
tagieux. Peut-être ai-je disjoncté sans m'en apercevoir, car je suis tenté d'y croire aussi même si ça n'a
aucun sens. C'est que, dans l'Anse, la raison n'a pas
le même poids qu'ailleurs. D'autres pouvoirs agis-
sent, à commencer par celui du lézard qui roupille
dans la grotte. L'iguane fait vibrer un écho dans
mon âme. Chaque fois que j'arrive à l'Anse, la magie des lieux me pénètre et un sentiment d'exulta-
tion m'envahit. C'est comme si de grandes choses
s'annonçaient, comme si un vide recevait la promesse d'être comblé. Autrefois, je me serais contenté de rire de tout ça et d'épingler à Luc l'étiquette
de la folie, mais les événements des derniers mois
m'ont ouvert à d'autres possibles…

❏

Mon encyclopédie reste muette sur l'essentiel : pas un seul mot sur la façon de syntoniser l'iguane des Galápagos. Je suis donc obligé de m'en remettre à Luc. Je l'imite de mon mieux. Comme lui, je dépose des galets sur l'autel, puis je m'accroupis sur une natte de varech dans l'attitude de la prière. Car c'est encore à ça qu'on revient ; comme le Gars des vues, le lézard carbure à la prière. Pas moyen de s'en sortir.

Je m'imprègne de l'iguane. J'essaie de décrypter le sens de son sourire, mais on dirait qu'il varie selon l'éclairage ; j'ai l'impression d'avoir affaire tantôt à un gnome coquin, tantôt à un sage chargé d'ans. Il y a aussi les visions bizarres, les mirages. Ce matin, j'ai cru voir se surimposer sur la face de crêpe de l'iguane les traits de mon père, mais il ne s'agissait sans doute que d'un fugace effet de mon imagination. Agenouillé sur ma carpette d'algues sèches, je regarde le lézard, je me concentre et j'attends que quelque chose se passe. Ce serait plus facile s'il n'y avait pas le colibri, cet oiseau invisible qui rapplique chaque fois et me bourdonne aux oreilles en se moquant de ma naïveté. Je me sens bientôt ridicule et au bout d'un moment je n'y tiens plus : il faut que je sorte et que je m'occupe à quelque chose de concret, de moins inutile, recenser les grains de sable, par exemple. Du point de vue technique, Luc ne sait que me conseiller, car communiquer avec l'iguane est pour lui quelque chose d'instinctif. Il n'a jamais eu besoin d'apprendre. Il se jette là-dedans comme dans le plus accueillant des lagons tropicaux, et ça va de soi. Je dois donc me débrouiller et trouver tout seul le mode d'emploi, le sésame, la prière adéquate. Je cherche, j'essaie des trucs. Je recycle d'anciennes litanies :

Notre iguane, si laid aux yeux
Que ta volonté soit faite dans ma tête comme au ciel
Que tes rêves viennent…

❏

La mère de Fngl est une sirène qu'un pêcheur humain a un jour capturée dans ses filets et obligée à une étreinte dénaturée. Issu de cette union forcée, Fngl est né sur la grève comme une tortue marine et il a vécu parmi les lourds une enfance sordide. Mais à mesure qu'il grandissait, l'héritage biologique de son ascendance légère s'est exprimé : il y a eu une métamorphose, la découverte de ses aptitudes aquatiques, la compréhension de sa véritable nature, puis enfin, à douze ans, le retour à la mer. Depuis cette seconde naissance, Fngl sillonne inlassablement les grandes eaux à la recherche de celle qui l'a porté dans son ventre. Ayant appris l'existence d'une cité sous-marine appelée Ftan, où vivait le peuple des sirènes, il s'est mis en route, battant les flots avec ardeur, mais c'est un chemin hasardeux que celui de la mirifique Ville des vrilles, car elle n'est pas sise en un point fixe de l'océan. Elle se meut, la Cité profonde, elle erre au

gré des courants et voyage, se déplace sans cesse.
Fngl n'a encore jamais pu apercevoir sa traîne de
sargasses. C'est un défi chaque nuit renouvelé que
de la trouver, mais il ne désespère pas ; affrontant
les monstres de l'océan mais admirant aussi d'en-
sorcelantes beautés et découvrant des trésors en-
gloutis, il poursuit sa quête.

Tel est le récit que me fait Luc lorsque craque le
feu. Et moi je l'écoute, émerveillé, séduit par la puissance de son imagination mais fasciné aussi par ce
qu'il ne dit pas : la concordance évidente entre la
fable et la réalité, l'identité étroite entre Fngl et lui.
Quand Luc raconte les aventures du jeune triton,
c'est toujours à la première personne, et on dirait
qu'il parle d'expérience, comme si c'était sa propre
vie, son destin personnel qu'il évoquait, comme s'il
chevauchait deux existences aussi concrètes l'une
que l'autre. Je me demande jusqu'à quelle profondeur de son esprit s'enracine ce dédoublement.
Peut-il croire sincèrement que l'histoire de Fngl est
la sienne ? Qu'il est le fruit hybride d'un chien et
d'une sirène ? Que sa mère a regagné son océan natal ? Justifie-t-il ainsi le fait qu'on n'ait jamais repê-
ché son cadavre ? Il n'osera jamais l'avouer, bien entendu, mais je sais qu'il n'est pas loin d'en être
persuadé. C'est pour ça qu'il passe ses nuits à épier
la mer. Il y a un certain chant qu'il brûle d'entendre.
Il attend l'appel de la sirène. C'est pour elle qu'il
danse à l'orée des vagues et conjure ainsi les vents.
C'est à elle qu'il songe lorsqu'il surveille le large
dans sa posture d'iguane.

Treize

J'ai recommencé à dormir. Ça n'a pas été facile. Au début, je n'y arrivais pas à cause de la déshabitude. J'abordais le sommeil à reculons, la paupière frileuse, craignant de débouler dans le Kilomètre 54 comme dans un repaire de carcajous. Mais rien de semblable ne s'est produit. Les manifestations du Kilomètre ont cessé. Le blizzard, l'œil jaune, le klaxon et la fuite éperdue dans le dédale torve, tout ça est fini. N'ayant plus de raison de pratiquer l'insomnie, je cède au sommeil avec l'abandon d'un ours en hiver. Peut-être que je dors trop bien en fait, car il ne me vient que des rêves ordinaires. Aucun ne semble concerner Maman. Faut-il conclure que l'iguane n'est qu'une peau creuse, un pantin truffé de fausses nouvelles ? N'allez pas dire ça à Luc, car il défend âprement le saurien. Plutôt que d'admettre l'incompétence de l'empaillé, il préfère jeter la faute sur moi. Il me reproche de ne pas y croire assez fort.

❏

Je dors comme un œuf et je récupère les énergies oubliées, mais sur le plan onirique c'est le calme plat. Afin de remédier à cette lacune, Luc a décidé de m'apprendre à danser ; c'est selon lui un bon moyen de s'ouvrir à l'iguane. La danse est d'origine légère. Fngl l'a apprise d'un vieux triton éleveur de congres et Luc en a adapté une variante lourde pour son usage personnel. La danse aurait des vertus incantatoires ; par sa pratique, on acquerrait le pouvoir de commander aux éléments, d'asservir les courants, d'apaiser les tempêtes ou de les susciter au besoin. Luc insiste pour m'en inculquer les rudiments. Il dit que ça tonifiera ma confiance, que ça allumera la mèche molle de ma foi trop humide, et il me presse de m'y investir tout entier, mais ce n'est pas si simple. Contrairement aux apparences, il ne suffit pas de se planter des arêtes dans les cheveux et de s'énerver dans les vagues en glapissant. Il s'agit d'une chorégraphie complexe. Il y a ces aboiements qu'il faut savoir moduler, et surtout cette non-volonté vers laquelle il faut tendre, cette gratuité. Pour que ça fonctionne, Luc dit qu'il faut avoir l'intention juste, celle de n'en avoir aucune. Savante acrobatie mentale. Essayez de vous concentrer tout en vous abandonnant.

❏

Il m'accuse de paresse. Il veut à tout prix que je danse, m'enjoint d'essayer au moins. Je m'énerve le poil des jambes pour lui faire plaisir et je risque quelques pas, je hasarde deux ou trois gloussements puis je m'arrête, confus. Il n'y a rien à faire : je le regarde se démantibuler les rotules et trépigner comme une poule sans tête en jappant aux bugles, mais je ne vois là qu'une forme grotesque de rock'n'roll. Il me reproche mon manque de persévérance, mais que peut-il savoir du colibri sceptique qui trompette aux premières loges et ridiculise mes efforts ? Luc répète que c'est niaiseux comme tout, qu'il suffit de faire le vide et de se laisser aller, comme au cirque. Il dit que c'est comme pour la bicyclette, qu'il s'agit seulement de saisir le truc, mais qui est-il pour faire un tel parallèle, lui qui ne possède même pas une trottinette ?

❏

Ils vont transférer Maman à Québec. Ils disent que c'est devenu nécessaire, et mes grands m'ont annoncé qu'ils avaient autorisé son admission dans cette maudite clinique de la capitale. Ils l'expédieront là-bas dans cinq jours, par ambulance volante. Aussi bien l'envoyer sur la Lune.

❏

J'ai rêvé d'elle. J'entrais dans sa chambre, mais ce n'était plus celle de l'hôpital de Villeneuve ; il s'agissait d'une pièce sombre, médiévale, et à la fenêtre un ciel pluvieux opprimait les pignons vert-de-gris du Vieux-Québec. Le lit de ma mère était une chose ancienne et monumentale, au baldaquin orné de voiles effilochés. Elle reposait sur ce catafalque mais

sa chevelure était un écheveau de glaçons. Ses
joues étaient creuses, ses traits émaciés. Maman
était ratatinée, flétrie par un âge inconcevable. Elle
semblait dormir depuis des siècles dans ce donjon
et n'était plus que la momie d'elle-même. Je me suis
éveillé dans la quiétude qui précède l'arrivée des
mouettes et ma première pensée est allée à l'iguane.
Peut-il s'agir du songe qui m'a été promis ?

❏

Le rêve m'obsédait encore lorsque nous sommes
allés visiter Maman et, voyant s'imprimer sur son
visage le terrible masque parcheminé, j'ai compris
tout à coup que le songe était de nature prémoni-
toire : j'avais vu Maman telle qu'elle allait devenir
si rien n'était fait pour la réveiller. J'ai su alors que
ce serait une erreur grave de l'expédier à Québec et
que nous devions sans tarder l'extraire de ce lit,
sans quoi elle résiderait à jamais dans les limbes. Il
fallait la ramener à la maison, j'en avais la cuisante
certitude, et ma conviction était si vive que je n'ai
eu aucune peine à la communiquer. Luc a déclaré
l'idée géniale et Grand-mère aussi s'y est ralliée : où
en effet, mieux qu'entre les murs de son enfance,
Maman pouvait-elle revivre ?

Dénichant le Dʳ Longuet à la clinique externe,
nous lui avons exprimé notre vœu, mais le médecin a douché notre enthousiasme. Il ne croyait pas
qu'un retour prématuré à la maison puisse amélio-
rer l'état de Maman. Il estimait nécessaire de l'envoyer à Québec, où elle allait bénéficier du meil-

leur traitement disponible. Oh, qu'il m'énervait, ce toubib suffisant qui s'adressait à nous comme un prof de maternelle. Mais ses paroles ont ébranlé la résolution de Grand-mère et, lorsque nous nous sommes retrouvés dans le couloir, elle était encline à penser comme l'être stéthoscopique : que valait après tout une intuition au regard de toute la science dans laquelle marinaient à la journée longue les représentants de la profession médicale ? Je n'allais pas me satisfaire de ces superstitions. Je savais que j'avais raison et j'ai apostrophé Grand-mère, l'accusant de s'être laissé berner. Mesurant ma colère, elle a paru hésitante et a avoué qu'elle avait besoin de l'opinion de Grand-père. Tandis qu'elle allait lui téléphoner, nous sommes allés pomper une orangeade à la cafétéria et j'ai été soulagé d'entendre Luc m'approuver. Nous étions d'accord : puisque l'influence malsaine du clinicien paralysait la volonté de Grand-mère, nous allions agir. Et nous avons mobilisé nos ressources neuronales afin d'échafauder un plan d'enlèvement.

Nous kidnapperions Maman à l'heure du dîner. Dans un couloir éloigné, Luc aimanterait l'attention en simulant une crise de possession diabolique et je profiterais de cette diversion pour m'emparer de ma mère. Je la mettrais dans un fauteuil roulant et je m'éclipserais par une porte du sous-sol. Le bon vieux bungalow de ma vie antérieure ne se trouvait qu'à deux coins de rue, et j'avais encore la clé : ça nous ferait une bonne planque. Nous ne minimisions pas les aléas d'une telle opération. Nous savions qu'il faudrait mystifier le personnel, que je pourrais être reconnu et pris en chasse tandis que je piloterais ma mère. Dans un scénario digne d'une course de démolition, je me voyais foncer dans les corridors semés d'embûches et n'échapper que d'un poil à mes poursuivants en sautant d'un ascenseur à l'autre. Je propulsais Maman à travers la cafétéria bondée tandis que volaient les plateaux de nourriture et que nous traquait un escadron de malabars en blouse blanche. Je nous imaginais cernés, acculés dans la buanderie, ultimement retranchés entre deux rangées de laveuses géantes, hostiles bouddhas de science-fiction aux ventres béants. Certes, l'entreprise était hasardeuse, mais nous devions néanmoins tenter le coup puisque c'était d'une importance vitale. Toutefois, alors que midi approchait et que l'adrénaline nous inondait déjà les veines, Grand-mère est revenue, et nous avons constaté qu'elle avait récupéré toute sa combativité. Elle a annoncé que Grand-père nous soutenait sans réserve. Revigorée par cet appui, elle nous a remorqués d'un pas martial jusqu'aux bureaux de l'administration, où nous avons forcé la porte du directeur.

Bien embêté, le directeur. Il a fait venir Longuet en renfort, et ensemble ils ont justifié le rejet de notre requête en nous servant une indigeste poutine d'arguments médicaux et administratifs. Mais nous n'allions pas nous laisser intimider et Grand-mère a continué d'exiger qu'on lui rende le fruit de ses entrailles. L'irruption d'un Grand-père échevelé qui invoquait d'un haut verbe le virage ambulatoire a achevé de faire pencher la balance : puisque l'état de Maman n'inspirait aucune inquiétude médicale particulière, on a décrété que nous serions autorisés à la soigner en milieu familial et, après la signature d'innombrables paperasses, elle nous a été redonnée. J'avais gagné.

Ils nous l'ont livrée en ambulance muette et nous l'avons installée dans son ancienne chambre de jeune fille, à côté de la mienne. Comme nous allons bien nous occuper d'elle ! Nous leur montrerons, à ces toubibs et à ces infirmières, de quoi nous sommes capables. Ils verront ce que peuvent accomplir les soins de l'amour véritable. Dans ce chaleureux giron familial où la baignent les vibrations conjuguées de notre affection, je suis sûr que Maman ne tardera pas à rouvrir les yeux.

Quatorze

Le retour de Maman a transformé la maison en ruche tranquille. Nous nous relayons auprès d'elle. Sa proximité me recharge le moral, et c'est sans compter l'espoir qui vient en prime. Je la soigne aux plus délicats oignons, ma belle maman récupérée, et je m'efforce de réveiller ses sens. Je lui fais sentir le parfum de ses fleurs préférées. Je placote, je lui fais la lecture, je mets les disques qu'elle aime et chaque matin j'ouvre sa fenêtre pour que lui parvienne le refrain de la mer. Luc s'occupe d'elle avec un égal dévouement. Il coucherait au pied du lit si c'était permis. Il approvisionne son chevet en coquillages mystiques et chuchote à son oreille certaines formules thérapeutiques en jargon de triton.

❏

Sur la véranda, Luc et Grand-père débattent en claquedent de météo avec des airs pénétrés de vétérans sagaces. Luc a réussi à se faire inviter au fumoir aujourd'hui ; c'est dire la confiance que le vieil homme met en lui. Quant à Grand-mère, il lui arrive encore de sursauter lorsqu'elle le croise au détour d'un corridor, mais c'est sans arrière-pensée qu'elle le laisse bénéficier de notre hospitalité : Luc a le droit de coucher chez nous quand il veut et d'y manger n'importe quand. Afin de mériter cet honneur, il essaie de se domestiquer. Il assimile l'usage du peigne et s'applique à pénétrer les arcanes de la bienséance. Jamais il ne rate une occasion d'encenser la cuisine de Grand-mère ou d'apprécier ses choix vestimentaires. Ce sont des courtoisies auxquelles elle est sensible, et elle pose sur lui un regard de plus en plus clément, semblant se demander si, après tout, un gentilhomme ne serait pas enfoui sous ses frustes atours. Luc a le tour de s'insinuer dans nos mœurs. Il faut le voir déguster son thé dans le salon avec Grand-mère. Ce n'est pas hypocrite : il jure qu'il aime vraiment ça.

❏

Malgré nos soins jaloux, Maman continue de dépérir. Je croyais qu'il suffirait de la replanter dans un terreau favorable pour qu'éclosent ses paupières, mais je suis obligé d'admettre que notre majuscule tendresse ne suffit pas. Luc dit qu'il faut prier l'iguane. Selon lui, le saurien est à l'origine du songe de la momie, cette vision éclairante que j'ai eue. Il se réjouit du fait que la machine à rêver a fonctionné malgré les manigances du colibri et il voit dans cette manifestation gratuite du pouvoir de l'iguane une faveur exceptionnelle. Il pense que c'est un signe de bonne volonté, une invitation à croire. Je n'adhère que mollement à cette analyse mais il paraît imprudent de nier la possible influence de l'amphibie et, comme je tiens à mettre toutes les chances de mon côté, je recommencerai demain à piétiner le dos friable de l'Anse. S'il le faut, j'attraperai des coups de soleil sur la langue à force de m'égosiller.

Je te salue, Iguane plein de paille
Le danseur sue avec toi
Tu es béni entre toutes les bêtes
et Mona, vendeuse de tes entrailles, est bénie…

❏

Le Kilomètre 54 m'a pris par surprise, m'ouvrant une porte sifflante sur ses noires bourrasques, me tailladant de ses lames verglacées. Il n'y avait plus ni murs hurlants ni dédale, mais c'était bien le Kilomètre puisque des rails s'allongeaient à mes pieds. D'improbables lampadaires trouaient la tourmente. Je me suis rendu compte qu'il s'agissait des projecteurs de l'équipe de secours. Car je me trouvais à l'endroit précis de l'accident : en témoignaient les débris de pièces mécaniques et les fragments de motoneige qui jonchaient les lieux. Le train lui-même était invisible mais je le supposais tapi au fond de la nuit. Affrontant les pales vrombissantes de la tempête, j'ai suivi les rails comme un cheminot hagard. Pendant un moment gourd j'ai marché, titubant dans le blizzard, puis j'ai aperçu dans la neige une forme de couleur rose. Rose comme la combinaison de motoneige de Maman. Son corps étendu sur une congère. J'ai couru m'agenouiller auprès d'elle. Elle était affalée comme une poupée qu'un enfant géant aurait balancée là. Je lui ai ôté son casque, et ses cheveux se sont enroulés autour de mes poignets. Elle dormait. Je l'ai appelée à tue-tête mais elle continuait de dormir et, alors que je m'acharnais à la ranimer, j'ai eu tout à coup le sentiment d'une présence. Une ombre occultait les projecteurs. Dans l'œil du maelström se dressait une silhouette.

Le survenant n'avait pas de tête, et un magma d'encre vivante s'épanchait de son cou déchiré. C'était mon père décapité. Il se dressait au cœur du Kilomètre comme s'il en était l'âme, et les vents se courbaient à ses pieds. Il avançait, déplaçant des pans de ténèbres, et j'ai reculé à cause des rafales de terreur qui l'escortaient, des trombes sauvages qui le précédaient. Le spectre m'a repoussé à distance de ma mère puis s'est immobilisé entre nous, faisant de son corps un rempart. Et tout à coup, j'ai su. J'ai compris que c'était lui qui retenait Maman prisonnière. Qu'il la gardait auprès de lui, pour lui. Qu'il l'empêchait de s'éveiller, de nous revenir. Se penchant sur ma pauvre mère, il l'a soulevée sans plus d'efforts que s'il s'agissait d'un flamant rose, puis l'a emportée, se dissolvant avec elle dans d'obscurs tourbillons. Papa, le geôlier du Kilomètre 54 ?

Luc était là lorsque j'ai surgi dans la glacière de mon lit, et je lui ai décousu le récit de mon aventure intérieure. Il voulait que je me rendorme tout de suite et que je retourne là-bas afin de tirer l'affaire au clair, mais cette idée me pétrifiait. Le fantôme n'avait-il pas signifié qu'il me considérait comme un intrus? Ne m'avait-il pas interdit l'accès du Kilomètre? Qui suis-je pour défier la spectrale autorité d'un père?

❏

Je renouerais volontiers avec mes vieilles habitudes insomniaques, mais Luc affirme que la fuite n'est pas une solution, et je sais qu'il a raison. Je n'ai pas le choix. J'ai une mère à sauver. Il faut donc retourner dans le Kilomètre puisque c'est le seul moyen. Je dois aller jusqu'au bout du cauchemar et m'expliquer avec le spectre. Je dois élucider ses intentions et négocier avec lui la libération de Maman.

Saint Iguane à l'œil de feu,
Protège-moi, rêveur, maintenant,
de la peur de mon père mort.

❏

J'ai cru que je m'étais trompé de songe, car aucun blizzard ne soufflait sur la plaine blanche. Le ciel était un fond de bouteille qui distordait les étoiles. J'ai tout de suite vu le spectre, debout dans cet erg de neige, avec Maman étendue à ses pieds. Il ne bougeait pas. Et il continuait de ne pas bouger. Et comme il ne bougeait toujours pas, j'ai osé m'approcher. Il restait immobile. Un robot désactivé. Une statue plantée au milieu du grand rien. Sauf qu'il y avait cette haleine qui se condensait, ce nuage cristallisé qui s'élevait de son cou déchiqueté. Me faisant tout petit, je me suis accroupi auprès de Maman, qui dormait à l'ombre de cet arbre fantôme, et j'ai chuchoté son nom. Je l'ai appelée à voix basse pour qu'elle s'éveille et que nous nous enfuyions ensemble loin du terrible gardien. Comme elle ne réagissait pas, j'ai commencé à la secouer et, c'est alors que le spectre s'est réveillé. Il est devenu immense et, du tunnel béant de son cou a jailli le blizzard. J'ai été soufflé, roulé sur la plaine gelée, rejeté hors du rêve jusqu'au fond de mon lit. Chassé. Puni de mon audace.

Pourquoi cette hostilité ? Où sont passées l'affection, l'intimité, la complicité qu'il y avait entre nous ? Luc pense que le spectre ne me reconnaît pas, mais je suis sûr qu'il a tort. Papa sait qui je suis ; c'est lui qui n'est plus le même. Il n'a plus sa tête, c'est ça le problème.

❏

Deux nuits plus tard. Après quelques expériences désastreuses, je crois avoir trouvé la façon d'amadouer le spectre. C'est possible, à condition de ne pas chercher à lui prendre Maman. Il me laisse approcher d'elle, et j'ai même le droit de la toucher si je veux, mais si je tente de l'éveiller, il se drape de tempête et me chasse du Kilomètre. Autrement, si je me tiens tranquille, il est tolérant. Indifférent, en fait. Il m'ignore. Il reste assis à ne rien faire. Ou il marche autour de nous comme une sentinelle. Je sais qu'il me surveille sans en avoir l'air mais je pense n'avoir rien à craindre tant que je suivrai ses règles.

Quinze

L e Kilomètre 54 est tissé de multiples ailleurs. Il a une vie propre, une frange frémissante. Il est peuplé d'heures différentes, tantôt lugubres, tantôt paisibles, mais toujours neuves, et parfumées parfois tel un matin de décembre. Il a son jour pâle, incertain et bouché, et sa nuit soyeuse, étincelante : le blizzard n'est que son visage le plus sévère. En fait, je crois comprendre que le Kilomètre obéit aux humeurs du spectre, qu'il s'y adapte et s'en nourrit. À moins que ce ne soit le contraire. Entre les deux, il y a en tout cas une relation ombilicale, un rapport symbiotique. Le spectre lui-même n'est pas méchant, après tout. Son aspect est terrifiant mais il reste inoffensif. Il ne s'occupe pas de moi et semble ne rien entendre quand je lui parle. Il me laisse marcher à ses côtés lorsqu'il décide de porter Maman pendant des heures dans la nuit fracassée, suivant les rails sans jamais atteindre la lune écarlate, sans jamais arriver nulle part… Il est ainsi, le spectre, à l'image même du Kilomètre : rempli de vides immenses, insensé, létal, et pourtant magnanime à sa manière.

❑

Aucun vent ne troublait l'immaculée blancheur, et des légions de flocons aéroportés chutaient paresseusement. Le spectre tenait Maman dans ses bras et la berçait comme un petit enfant. Il caressait son front, ses cheveux, et ses gestes étaient empreints de délicatesse. Je pense qu'il l'aurait embrassée s'il l'avait pu, et ses intentions me sont apparues éclairées d'une lumière nouvelle. Le motif de cette garde jalouse qu'il monte auprès de ma mère serait-il tout simplement l'amour ? Mon père est-il incapable de se séparer de sa bien-aimée ? Est-ce pour cela qu'il la tient captive ? Comment alors puis-je espérer le convaincre de me la rendre ? Et d'abord, comment me faire entendre de ce fantôme mélancolique qui n'a même pas d'oreilles pour écouter, et encore moins de bouche pour répondre ? Par quel moyen communiquer ? En utilisant le morse ? La télépathie ?

❑

On dirait que le spectre veut prendre l'initiative. Cette nuit, gagnant le Kilomètre 54, je l'ai trouvé qui m'attendait au bord du ballast. Il paraissait agité, singulièrement conscient de ma présence. Se déparant de la souveraine réserve qui marquait jusquelà son comportement, il s'est adressé à moi par gestes. Dans un mouvement d'impuissance, il a englobé le Kilomètre, puis ses moufles sont tombées et ses mains se sont tendues vers moi. C'était un peu le geste qu'aurait pu avoir le fils du Gars des vues en appelant à lui les petits enfants, sauf que j'étais le seul mioche à la ronde, et peu enclin à honorer l'invitation. Les mains de Papa se sont élevées, se sont portées jusqu'au vide massif de son visage, et de son cou béant a jailli une langue de feu. Cette flamme dansait sur ses épaules et s'enroulait dans ses propres volutes, adoptant la forme grossière de la tête qu'il n'avait plus. C'était comme une bouillie de métaux en fusion où s'ébauchait l'ombre grimaçante d'une figure tourmentée. Les mains se sont détachées de ce visage incendié et se sont abaissées vers moi en un geste de supplique. Insistantes. Implorantes. Puis elles ont battu l'air frigide comme des mouettes effarées et se sont envolées juste avant que s'évanouisse le songe.

C'est la première fois que le spectre se départit de son armure d'indifférence et tente d'engager un dialogue. Ses intentions restent obscures et le propos du rêve impénétrable, mais j'ai l'impression qu'un nouveau chapitre vient de s'amorcer dans l'histoire de nos relations fantôme-fils.

❏

Je suis visité par de nouveaux songes éclatés, difficiles à décrire, mais qui émanent sans doute de mon père car ils évoquent tous la même chose : ses mains, son visage. J'assiste à l'apparition de figures incandescentes, de têtes de lave mutantes et autres bourgeonnements éruptifs. Et je suis imploré encore et encore par des mains qui s'ouvrent, se tendent

vers moi. Je pense que le spectre tente de me transmettre un message. Que signifient ces pantomimes
cryptiques et ces crémations insensées ? Qu'essaie-
t-il de me faire comprendre ?

❑

Les visions se font fiévreuses. Certaines sont assez horrifiantes, comme cette face paternelle que
des vers affamés bouffent jusqu'à l'os, tandis que
d'autres sont simplement étranges, obsédantes : le
visage de Papa devenant un impossible jeu de patience, un puzzle rétif dont les pièces refusent de tenir en place et s'égarent l'une après l'autre. Ou une
photo sur laquelle ses traits se mettent à danser,
puis s'embrouillent jusqu'à devenir méconnaissa-
bles. Son portrait dessiné à la craie sur un trottoir
que lave la pluie. Le vain sillage de son regard sur
lequel se referme l'océan…

❑

Le spectre s'impatiente et ses manifestations débordent du domaine du rêve, empiétant d'inquiétante manière sur la réalité. Les visions s'immiscent
entre mes cils dans la lumière irisée du matin et
m'assaillent jusqu'en plein jour. J'hallucine. Je vois
des mains se modeler à même les nuages. Le visage
de Papa se dessine dans l'ondoiement d'un rideau
au souffle de la brise, se découpe dans la poussière
de soleil qui filtre d'une fenêtre. Même la lune s'en
mêle, tendant vers moi des mains suppliantes

tandis que fondent sur sa face ronde des semblants de regards.

Ces mains, ces visages mouvants, ces mauvais présages, ces images volées aux vents, vite évanouies...

❏

Je me sens observé. Je n'ose plus regarder dans la glace par crainte d'apercevoir derrière moi une silhouette sans tête. À quoi riment ces livides mains de mime, blanches comme les gants de Mickey, qui s'agitent dans la lumière noire puis éclosent comme des fleurs vénéneuses ? Que penser de ces têtes d'argile dégoulinantes qui s'embrasent et se tordent sur les épaules nues de mon père ? Il s'agit d'un code dont la clé m'échappe. J'ignore où il veut en venir. Je n'arrive pas à comprendre et ça me décourage. Mais Luc ne renonce pas. Il pense qu'il doit y avoir une raison à cette hantise. Il est persuadé que mes visions ont un sens. Il exige que je les lui décrive en détail et il analyse tout ça, s'efforçant d'extraire de l'écheveau un fil conducteur. Inlassable, il tente d'organiser ce qui pour moi n'est que chaos.

❏

Luc est parvenu à certaines conclusions. Il croit comprendre ce que cherche à me signifier mon père : il veut que je lui rende sa tête.

L'hypothèse est d'une zouaverie sans nom mais elle a le mérite d'inscrire les faits dans un schéma

cohérent. Luc croit que Papa est prisonnier du Kilomètre 54 et qu'il s'y morfond, qu'il garde Maman
auprès de lui afin de tromper sa solitude. Luc suppose qu'il la libérerait volontiers si lui-même pouvait s'affranchir de ce purgatoire et accéder au repos
dû aux morts, mais qu'il ne le peut pas. Papa serait
incapable de s'évader du Kilomètre parce qu'il est
incomplet, parce qu'il lui manque sa tête. La solution est alors évidente : il faut la lui rendre. Luc
pense que c'est ce qu'il réclame depuis le début, que
c'est le sens qu'il faut accorder aux visions et à tous
ces gestes d'imploration. Pour lui, ça ne fait aucun
doute : mon père veut que je l'aide à retrouver sa
tête. Ce qui paraît impossible à première vue, puisqu'elle a été anéantie par le train. Mais après tout,
qu'est-ce qui prouve qu'elle a bien été écrabouillée ?
J'ai tenu pour certaine la destruction du crâne pa-
ternel puisque c'est ce qu'on m'a affirmé, mais qu'en
sait-on exactement ?

❏

J'ai soumis mes grands à un interrogatoire serré.
Ils ont accueilli mes questions avec une perplexité
teintée d'inquiétude mais y ont répondu du mieux
qu'ils pouvaient : pour autant qu'ils sachent, la tête
de mon père a bien été pulvérisée. C'est du moins la
conclusion à laquelle sont parvenus les enquêteurs
de la Sûreté, puisqu'on n'en a retrouvé aucune trace.
Mais à bien réfléchir, cette éventualité me semble
improbable. Il devait être difficile d'effectuer des recherches approfondies dans l'hostilité arctique qui

sévissait alors au cinquante-quatrième kilomètre. Et si, au lieu d'avoir été broyée, la tête de Papa n'avait été que sectionnée ? Si elle avait été projetée à distance dans la neige épaisse, échappant ainsi à l'attention des enquêteurs ?

❏

C'est à l'écart du village que l'Aïeul a jadis choisi de planter ses morts et c'est toujours au même endroit, sur la colline, que se trouve le cimetière de Ferland. De gros feuillus y poussent et leurs ramures forment au-dessus des sépultures une succession de voûtes ajourées. Pénétrant dans cette cathédrale de dentelle, j'ai été surpris de constater à quel point l'herbe était drue déjà sur la tombe de mon père. Je venais chercher un signe, une confirmation, et j'ai longuement questionné son épitaphe, mais elle est restée muette. À moins, bien entendu, qu'on compte comme une réponse le bruissement des feuilles, le craquement des branches au frôlement de l'haleine océane et les sanglots furtifs que semblaient émettre les arbres — soupirs éthérés au fond du vent.

Seize

Boudine, le fils du notaire, a accepté de me louer sa moto pour cinq cents mojos, essence en sus. Luc a chargé sur son dos un bidon supplémentaire et, après une pétaradante randonnée de trois heures dans les coupées de l'arrière-pays, le cinquante-quatrième kilomètre s'est révélé à nous sous son vrai jour, vaguement radioactif. Un ciel aux moutons poussifs. Une brousse de carte postale. Enfin, je voyais de mes yeux le décor du drame. Ça s'était passé là, entre le pont de fer qui sautait la rivière et cette courbe laborieuse qui suintait du nord. Maudit bel endroit pour faire du Ski-doo, à condition d'ajouter la neige, de surimprimer un crépuscule d'hiver et de faire souffler une de ces bises qui tuent. Mais il était difficile d'imaginer ainsi les lieux en ce torride matin d'août, alors que le soleil nous gratinait la calotte et que nous étions assaillis par des nuées d'hélicos miniatures. D'abord effarouchés par notre apparition, les oiseaux ont recommencé à oisiller et les criquets à croustiller dans l'étroite savane. Nous nous sommes oints d'huile à mouches puis nous avons commencé nos recher-

ches sous l'œil impie des corneilles, ces mouettes
en négatif. Il s'agissait de fouiller les abords de la
voie mais aussi les hautes herbes et les avancées de
la forêt, robustes friches où pouvait avoir été catapultée la tête. J'essayais de ne pas songer à ce que
je risquais de découvrir. J'espérais seulement que
les nécrophages du quartier avaient eu le temps
d'achever leur boulot.

Nous progressions en territoire ennemi, car
c'était ici le fief du train. Longer les rails, c'était
comme suivre la piste fraîche du monstre, et j'avan-
çais sur la pointe des nerfs. Un brouet de rage me
malaxait les boyaux. J'aurais bien voulu qu'il ose se
montrer, ce tas de ferraille, ce lamineur de pères,
afin que trouve à s'exprimer ma colère vengeresse
et que je puisse le poivrer d'invectives et de
cailloux. J'avais envie de lui tendre un piège, de dé-
boulonner les rails ou de plastiquer les piliers du
pont. Comme je regrettais de n'être pas muni des
outils nécessaires ! Lapider de mes crachats la voie
abhorrée, voilà tout ce qui était en mon pouvoir.

Nous tombions çà et là sur des traces de l'accident : éclats de plexiglas et fragments de fibre de
verre, pièces mécaniques, lambeaux d'une selle dé-
chirée. Puis un ski entier curieusement planté dans
les fourrés comme un signe cabalistique. Luc m'a
hélé tout à coup et j'ai franchi la voie, me préparant
au pire. Mais ce n'était pas la tête. C'était une des
mitaines de ma mère. J'ai déposé cette relique dans
mon sac et nous avons battu les buissons avec une
double vigilance, persuadés que l'objet de la quête
était proche.

Jamais le cinquante-quatrième kilomètre ne serait plus finement balayé que par les jeunes radars de nos sens, mais pourtant le jour a décliné sans que nous ayons trouvé même le casque de mon père, et nous nous sommes retrouvés près du pont, bredouilles, mortifiés. Nous sommes rentrés à la brunante. Nous étions si sales que Grand-mère a failli avoir une attaque, mais après de sérieuses ablutions elle a quand même consenti à nous nourrir. Luc a décidé de coucher à la maison.

Il est là, répandu comme un tas de caviar dans l'autre lit, ronflant tandis que j'écris. Où est passée cette tête ? Volée par un animal ? Est-ce un loup ou un ours qui a chipé le crâne de Papa pour le déguster en paix dans le confort de sa tanière ? Et maintenant, que suis-je censé faire ?

❑

Il devait être environ minuit lorsque j'ai été réveillé par le charabia aquatique de Luc. Il baragouinait avec un quelconque triton de sa connaissance. Je me suis levé pour aller aux toilettes et, en passant devant la chambre de Maman, j'ai remarqué que la porte bâillait. Je suis entré pour m'assurer que tout était normal. Une lune anesthésique se pressait à la fenêtre, couvrant Maman d'un édredon supplémentaire. J'allais ressortir lorsqu'un détail a accroché mon regard : au pied du lit, le plancher miroitait. Les lattes étaient mouillées. Il y avait même des flaques. Des traces de pas. Hérissé, je me suis tourné vers le coin le plus sombre de la pièce, où se tenait Papa.

Il était terriblement réel dans sa combinaison de Ski-doo, avec cette neige fondue qui coulait de ses bottes. Du cratère volcanique de son cou s'élevait un souffle glacial qui formait en se condensant un visage fantomal. J'aurais aimé croire qu'il n'était là que pour rendre visite à ma mère, mais en voyant ses mains se tendre vers moi, j'ai su qu'il venait chercher sa tête.

— Je ne l'ai pas trouvée, ai-je fait d'une voix éteinte. Nous avons fouillé partout mais elle n'était pas là.

Je cherchais une excuse, une explication. Je voulais que le spectre sache bien que ce n'était pas ma faute, mais ses mains restaient brandies, exigeantes, et de ses doigts irradiaient des ondes froides qui me nouaient le ventre. Il s'est ébranlé. Il s'avançait, faisant craquer le parquet sous son fantastique poids d'ombre, et ce n'était plus pour implorer qu'il tendait les mains, mais pour réclamer. J'étais raide comme une barre, incapable de m'enfuir tandis que les mains s'allongeaient pour m'attraper et qu'une chaude couleuvre glissait le long de ma jambe, s'échappait par le bas de mon pyjama…

Je me suis retrouvé dans mon lit, avec Luc qui étouffait mes cris. Il m'a expliqué que c'était un cauchemar et ordonné de me taire avant d'alerter toute la maisonnée. Je suis parvenu à me dominer malgré le grouillement des ténèbres environnantes. Mes draps étaient souillés d'urine, mais de toute façon il n'était plus question de dormir. Vite vêtus, nous nous sommes faufilés hors de la maison et nous avons gagné l'Anse afin de consulter l'iguane.

Car le spectre reviendra la nuit prochaine, c'est certain. Et encore la nuit suivante, et l'autre après, et aussi longtemps qu'il faudra. Je n'ai pas le choix ; je dois trouver le moyen de satisfaire son vœu.

Dix-sept

A près une cruelle matinée passée à nous tritu-
rer les méninges, nous avons fini par imaginer
une solution : nous allions fabriquer une tête de re-
change. Il le fallait bien, puisque l'article original
restait introuvable. Ce serait agir, au moins, et lutter
contre l'apathie.

Tout ce dont nous avions besoin, je l'ai trouvé au
grenier, dans le placard où Grand-mère remise ses
perruques des années soixante. Une dizaine de
scalps synthétiques y recueillaient la poussière, et
je n'ai eu qu'à choisir, emportant aussi la tête en
styromousse qui servait de support. À l'Anse, les
outils de bricolage m'attendaient sur la petite table,
disposés comme des instruments chirurgicaux, et
nous nous sommes mis au travail, taillant, collant
et peignant comme des forcenés de la bricole. J'ai
vite compris que la ressemblance n'était pas essen-
tielle. Ce qu'il fallait, c'était séduire le spectre en lui
présentant un objet extraordinaire, et non l'irriter
avec une mauvaise copie. Et puisque c'était d'art
qu'il était question, nous avons pressé la pédale de
l'imaginaire, oubliant les heures jusqu'à celle,

vespérale, où le soleil curieux s'est penché pour pointer un rayon dans la grotte.

J'ai devant moi le résultat de nos inspirations. C'est une éblouissante tête d'or. Ses joues sont des dos d'oursins, ses pupilles de minuscules galets, et des coquillages émaillés lui servent d'oreilles. Nous l'avons peinte d'or cru, ornée d'arabesques, coiffée de plumes et ceinte d'une couronne de fanons de baleine. On dirait le masque précieux d'un pharaon aquatique. Elle est magnifique, cette tête. Même l'iguane semble impressionné. Reste à voir si le spectre voudra s'en contenter…

❑

Un dais de branchage soustrayait le cimetière aux indiscrétions de la lune. La grande croix ouvragée des Anciens régnait là comme un épouvantail sur une vaste gencive. Tels des farfadets, nous nous sommes faufilés sans bruit parmi les pierres tombales jusqu'à celle de mon père, qui était d'une intimidante pâleur. Mais il n'était plus temps d'hésiter et, dans la lueur égoïste des torches, nos bêches ont mordu le gazon. Dénuée de son écorce, la terre a répondu au froid baiser des pelles, et nous nous sommes transformés en vaillantes machines à muscles, mesurant nos efforts, œuvrant avec la détermination de ceux qui ont résolu d'aller jusqu'au bout. Il faut avoir exhumé son père pour comprendre ce que je ressentais tandis que la fosse se creusait et que s'approfondissaient aussi mes pensées. C'était comme si s'écartaient les lourdes tapisseries de l'oubli, comme si le souvenir de celui qui était au fond des choses crevait tout à coup la surface comme une baleine blanche. C'était une résurgence de l'enfance, une mosaïque de moments complices, mais d'affrontements aussi, un rappel artésien des heures anodines qui sont finalement tout ce qu'il y a d'essentiel. L'instant devenait élastique. Il n'y avait plus de vif, d'étincelant en ce monde étroit que le choc sourd des pelles éventrant la terre fraîche et tranchant sans pitié les lombrics innocents, cruelle nécessité qu'excusait l'odeur primordiale de l'humus, que justifiaient les épousailles hypnotiques de l'acier et des sueurs. Une molle chaleur nous enivrait. J'éprouvais le curieux sentiment de m'enfoncer plus sûrement en moi-même qu'au sein du sol, de percer la tendineuse membrane du réel et de fuir le lointain orifice. La terre s'amoncelait, s'élevait, mais s'alourdissait pourtant, car le sable, sensible à la gravité de l'occasion, faisait exprès de s'ébouler. Pour le courage et la force, nous avions entonné un chant de labeur, celui des mineurs et des taupes, des philosophies secrètes. Nous ne nous souciions pas d'être entendus, car l'univers s'arrêtait désormais aux frontières de cette fosse où nous suintions.

Nous en avions jusqu'aux sourcils lorsque enfin nous avons frappé le dur. Le cercueil, porte close des catacombes paternelles. Nous avons achevé de le dégager, puis j'ai empoigné le tournevis. L'outil tremblait entre mes doigts. J'avais peine à aligner les vis mais j'ai refusé l'aide de Luc : ouvrir la bière d'un père était une tâche sacrée, que seul un fils

indigne aurait osé déléguer. La dernière vis a sauté.
Sentant décliner mon courage, je me suis dépêché
de soulever le couvercle et nous avons croisé les
faisceaux de nos torches.

Papa était là. Jusqu'au col, du moins. Il ne paraissait pas trop abîmé. Il était même plutôt beau dans
son costume du dimanche. Luc m'a passé le carton
à perruque. J'en ai retiré la tête et je l'ai élevée pour
la présenter à mon père. Avec respect, je l'ai dépo-
sée au haut bout du cercueil et je l'ai calée avec des
cailloux pour empêcher qu'elle ne roule. Reposant
ainsi avec sa nouvelle tête, Papa avait l'air d'un gisant dans sa crypte médiévale. Il ne lui manquait
que la noble barbe de roc et la grosse épée – roi au
masque d'or enfin soulagé de la charge des siècles
et rêvant pour l'éternité. Saisi par cette image arthu-
rienne, je me suis mis à fredonner l'ouverture de
Carmina Burana. Emporté par l'épique ampleur de
cette musique, je me suis surpris à chanter à pleins
poumons. Je comblais la fosse d'accents moyenâ-
geux. J'étais parti. Je vibrais. C'était le dernier salut,
l'ultime hommage rendu à mon père, et je ne voulais pas que ça s'arrête. Luc m'a tapé sur l'épaule
pour m'indiquer que l'est rosissait. Réintégrant la
sphère du temps, j'ai revissé Papa dans sa boîte et
nous avons empoigné les pelles, car il fallait se hâ-
ter de tout remettre en place. Nous devions reconstituer avec soin le puzzle végétal : nulle trace de nos
excavations ne devait subsister.

Il devait être sept heures lorsque l'anse au Zouave
a tangué sous nos pas hébétés. Nous étions essorés
mais contents, embaumés de devoir accompli, et

après un bain de mer nous sommes allés nous recueillir auprès de l'iguane. Nous prétendions mé-
priser le sommeil mais les fatigues nocturnes nous
ont vite rattrapés et nous avons glissé l'un contre
l'autre dans un songe de tropicale blancheur. J'ai
rêvé d'un soleil énorme qui se levait sur le Kilomètre 54. Papa se tenait sur la voie dans cette au-
rore sanglante. Sur ses épaules scintillait la tête d'or,
et j'ai su que l'offrande était acceptée car il souriait.
Je suis allé à lui. Il m'a accueilli et pressé dans sa
puissante chaleur. Il a déposé sur mon front un baiser, puis s'est retourné et s'est mis en marche car le
soleil l'attendait. J'aurais voulu le retenir, ou
l'accompagner, mais je savais que je ne devais pas.
Le soleil s'est fendu comme une plaie pour l'accueillir. S'y ouvrait un immense tunnel au bout duquel pulsaient des fulgurances écarlates. Arborant
avec fierté sa nouvelle tête d'or, Papa a enjambé
l'horizon et s'est enfoncé dans les entrailles de
l'astre creux. Et tandis que le Kilomètre 54 accusait
le choc de cette aube nucléaire, des milliers de corneilles se sont envolées, s'égaillant dans tous les
azimuts. Je me suis réveillé en pleurant et je suis
sorti sous le visage compatissant du haut arbitre de
l'azur. Luc est venu me trouver au bord de l'eau.
J'étais incapable de parler mais il n'avait pas besoin
qu'on lui explique ; il savait que la quête de la tête
était achevée et qu'au bout des larmes résidait ma
guérison.

❏

Le plus extraordinaire restait à venir. Plus tard, rentrant à la maison, j'ai trouvé mes grands survoltés, bouleversés de m'apprendre que Maman avait ouvert les yeux.

Pas même une minute, un moment, un soupir, mais ils disent qu'elle a bredouillé quelques mots indistincts avant de se rendormir. Sa respiration est profonde, son pouls sensible, sa peau tiède au toucher. Et je sais que c'est grâce à Tête d'Or. Avant de migrer dans le cœur du soleil, il m'a gratifié de cet ultime témoignage d'amour ; il a libéré Maman et dessillé ses paupières. C'est donc ainsi que se produisent les miracles : subitement, après qu'on a beaucoup prié et espéré.

Dix-huit

Elle nous revient par bribes. Une paupière se soulève, une pupille dérive comme un fragment de banquise, un murmure parvient tout juste à franchir la frontière de ses lèvres, puis elle replonge dans les limbes. Elle ne fait qu'effleurer la surface comme une baleine qui vient souffler.

❏

Elle a prononcé ses premières paroles cohérentes, mais quelque chose ne va pas. Elle réclamait un mystérieux personnage appelé Grelot. Grand-mère m'a expliqué qu'il s'agissait d'un chat persan, animal familier de la maison quand Maman était petite. Et qui est mort depuis vingt ans. Trompée sans doute par le décor de sa chambre d'enfance, elle est ressuscitée dans la peau trop étroite d'une gamine égarée et elle s'inquiète de trouver ses parents si changés, si vieillis tout à coup. Moi, elle ne me reconnaît pas; c'est normal puisque j'appartiens à un avenir lointain, inconcevable.

Elle demande après son grand frère Hugues maintenant, et continue d'insister pour qu'on lui

apporte son minou. Le Dr Lacroix, à qui Grand-
mère a téléphoné, nous conseille de patienter, de
ne pas la heurter surtout. Selon lui, cette escale
dans le passé n'est sans doute qu'une étape sur le
chemin qui nous la ramène. J'espère qu'il a raison
car je me vois mal en train d'élever ma propre
mère.

❏

Ce matin, la bande mémorielle de Maman était
enclenchée au bon endroit. Elle m'appelait par mon
nom et tous ses ans l'avaient rattrapée. Mais notre
joie a été brève, car il fallait maintenant répondre à
ses questions à propos de la chambre, de cet août
impossible à la fenêtre, et de cette immense faiblesse dans laquelle elle baignait. Son plus jeune
souvenir datait de février, et c'était la promesse
d'une excitante randonnée en motoneige, mais de
l'excursion même elle ne se rappelait rien. Elle voulait voir Papa et s'inquiétait de notre mutisme.
Grand-père s'est chargé de lui expliquer à propos
du cinquante-quatrième kilomètre. Il y mettait une
double dose de précautions mais la réalité était trop
brutale et, le cœur laminé, j'ai vu progresser l'horreur tellurique qui craquelait le visage de ma mère.
Elle ne réagissait que par un silence exsangue de
mauvais augure. J'aurais préféré qu'elle pleure ou
qu'elle crie, mais j'ai vu lourdir sur elle une géante
lassitude. . Son regard s'est scellé. Sa main s'est gla-
cée dans la mienne. Je croyais entendre le blizzard
gémir derrière les murs. Le Kilomètre 54 profitait de

sa grande vulnérabilité pour la reprendre, et Papa n'y était pour rien, cette fois.

Elle ne s'est pas réchauffée depuis. Le Dr Lacroix recommande encore et toujours la patience, mais que sait-il des maléfices du grand rêve immaculé ? Et si Maman était emportée pour de bon cette fois ? Luc refuse de laisser le prodige avorter. Il parle de transporter Maman dans la grotte afin que l'iguane puisse la baigner d'effluves régénérateurs. Mieux encore, il propose d'introduire secrètement le lézard dans la maison et de le cacher sous le lit ou dans le placard pour un maximum de proximité. Beau plan de zouave. Après le souper, nous irons à l'Anse pour demander conseil et prier, même si le cœur n'y est pas. Je devine de quoi je vais rêver cette nuit : un entrepôt frigorifique où Maman reposera telle Blanche-Neige dans une gangue de glace, avec Luc et moi agenouillés à ses côtés comme un couple de nains moroses.

❑

Creux dans la nuit, j'ai entendu sangloter dans la chambre de Maman. Pénétrant dans l'obscur aquarium, je l'ai trouvée consciente, flottant seule dans le noir. Elle pleurait sur son malheur et, comme c'était aussi le mien, nous avons lié nos larmes. Le lit de ma mère était un radeau fragile que soulevaient de puissantes vagues de douleur. Plus d'une fois j'ai cru que nous allions chavirer, mais enfin nous avons surnagé jusqu'aux terres lumineuses de l'aube. Maman s'est rendormie mais elle conserve sa chaleur.

Je ne sais plus comment remercier l'iguane. Il faudrait que j'invente des louanges nouvelles, des mots inédits.

❏

Il arrive encore à Maman de tomber subitement endormie, mais c'est dans un sommeil raisonnable dont on l'extrait sans peine. Elle est vraiment de retour, cette fois, mais des mois d'inertie ont sucé ses forces. La récupération sera longue. Elle aura à combattre pour se réapproprier son corps, et je lutterai avec elle. Je serai son éclaireur sur le chemin de la convalescence. Je lui battrai une belle piste bien large avec mes raquettes d'optimisme. Le CLSC enverra tous les trois jours un physiothérapeute volant, et j'étudierai ses techniques, car j'ai l'intention de devenir le gourou de la discipline et de l'exercice. Je serai son entraîneur en douceur, son grand sourire à pattes.

❏

Maman travaille fort. Elle fait de son mieux mais c'est difficile ; pour le moment, elle arrive à peine à soulever une cuillère. J'affiche une aérobique confiance et j'applaudis à ses moindres efforts. Je masse ses pauvres muscles endoloris en bavardant de n'importe quoi afin de tromper son affliction et de ventiler ses humeurs lugubres. Je comble le vide de sa mémoire en lui faisant l'historique des derniers mois. Bien entendu, nous parlons de Papa, mais

sans oser mesurer la profondeur du puits que sa
mort a foré dans nos vies. Maman m'a confié
qu'elle rêve d'un masque doré penché sur elle. J'aimerais l'aider à comprendre mais j'estime plus sage
d'attendre que son corps soit plus fort et son cœur
cicatrisé ; alors je me promets de tout lui raconter.
Pour l'instant, d'ailleurs, il y a bien assez de la présence de Luc à expliquer.

Maman a voulu savoir qui était ce garçon hir-
sute qui n'arrêtait pas de passer devant sa chambre
sans oser entrer. J'ai fait les présentations tandis que
Luc restait figé sur le seuil avec un air de calmar en
soupe. Trop timide pour aligner trois mots, il a dé-
talé, et nous ne l'avons pas revu. Tentant de justifier
cet étrange comportement, j'ai confié à Maman tout
ce qui est avouable au sujet de son ami. Elle a été
touchée d'apprendre qu'il n'a plus de mère. Et
lorsque je lui ai raconté quel soutien Luc a été pour
moi, l'orphelin temporaire, elle a été gagnée par un
vif sentiment de reconnaissance. Elle voudrait le remercier, mais il s'est dématérialisé. Doit être allé se
cacher à l'Anse, je suppose.

❑

Maman tente d'apprivoiser Luc. Elle le salue au
passage et souligne d'un sourire chacune de ses ir-
ruptions, mais il se révèle difficile à amadouer. Le
problème, c'est que ma mère est à ses yeux une
créature surnaturelle, une sorte d'ange qui l'éblouit
et qu'il préfère vénérer à distance. Il n'ose pas se
montrer. Il craint de la déranger, d'offenser son

regard. Mais il continue d'apporter des galets mystiques et des bocaux de sable coloré qu'il me demande de déposer à son chevet. Ces présents doivent être investis d'une sorte de magie thérapeutique, car ils ont sur Maman un effet apaisant. On dirait qu'ils tempèrent sa douleur, et elle peut alors parler de Papa avec davantage de sérénité. Ainsi Luc contribue-t-il à sa manière à l'allégement de son deuil…

Dix-neuf

Les jours s'abrègent. Les nuits fraîchissent. Le ciel se plombe, s'appesantit sur nos têtes de lardons ébahis, et nous nous résignons car c'est déjà l'automne avec son temps infidèle et ses fâches soudaines, ses cheveux de pluie, ses heures monochromes, ses vieux films et ses chips l'après-midi, ses longues parties de Monopoly tandis que le toit crépite. Demain c'est la rentrée, événement morose. Cette année, nous changeons d'école, Luc et moi, car le secondaire tend vers nous ses tentacules accueillants. Nous irons à la polyvalente de Villeneuve. Il paraît que nous n'avons pas le choix, que c'est ainsi, et voilà tout.

❏

Nous prenons matin et soir l'autobus jaune de Pollux, un ex-hippie qui a toujours du bon rock pour la route. La polyvalente est une sorte d'énorme abri antiatomique dans lequel deux mille élèves s'enferment à heure fixe et butinent le savoir, migrant en troupeaux au signal d'un timbre sonore. Je crois que j'arriverai à m'y faire, mais Luc panique. Il considère son horaire d'un œil hagard et se trompe systématiquement de local. Il va à contre-courant dans les couloirs et se cogne partout dans la foule. Comme lui manquent son calorifère au fond de la classe unique et cette bonne vieille fenêtre sur mer qu'il a usée des yeux ! Dans la poly, les fenêtres sont rares, étroites, et ne donnent de toute façon que sur d'autres grisailles. Ayant été allaité par le grand air et bercé par le ressac, Luc déteste instinctivement ce béton, ces néons et cette promiscuité. Il angoisse et court s'enfermer dans son casier, sorte de cercueil vertical où il marmotte en jargon de Ftan. C'est tout un défi de l'en faire sortir. Déjà, il biffe les jours sur son calendrier. L'année scolaire sera longue.

❑

Mauvaise affaire que cette rentrée. Le pire inconvénient, c'est le manque de temps. Les soins consacrés à Maman s'en trouvent raréfiés. Quant aux occasions d'aller à l'Anse, elles sont réduites à bien peu. Il n'y a que le samedi que nous pouvons encore aller saluer l'iguane. Ma foi en pâtit. Maintenant que s'est évanouie l'odeur sacrée du miracle, la raison s'efforce de reprendre le dessus et il m'arrive de me demander si magie il y a eu vraiment, ou si plutôt je n'ai pas tout imaginé. Mais revoir le vieux lézard suffit à estomper le doute. L'iguane a cette façon de vous magnétiser. J'ai toujours envie de le toucher pour voir comment c'est, déjà. Je palpe sa crête géologique, et sa queue de dragon usagé, et ses griffes noircies, voulant encore éprouver ce fourmillement au bout des doigts, ce chatouillis électrique pareil au courant léger d'une pile.

❑

Le saurien pardonne notre moindre assiduité et continue de m'approvisionner en rêves frais. Il me fait entrevoir des lagons miroitants de nuit polynésienne, des yeux d'oiseau ronds et fous qui me scrutent comme un ver égaré, et voilà que soudain j'aperçois une île, une falaise battue par les flots ; puis je plonge et me retrouve sous l'eau, me hasardant au-dessus d'inquiétantes déclivités, apercevant de saisissantes perspectives sous-marines. Autant de rêves inédits et insolubles que la mer envahit toujours davantage. Suis-je sur le point de me transformer aussi en triton ? Est-ce l'iguane qui réverbère dans mon âme la nostalgie de ses îles natales, ou plutôt mon ami qui déteint sur moi ? En fait, c'est probablement le trop-plein des rêves de Luc qui déborde dans les miens. Car depuis la rentrée, son activité onirique atteint des proportions océaniques. Ses nages sont éperdues, ses errances fabuleuses. Chevauchant de puissantes mantas, Fngl survole les pics des monts amers et affronte en combat singulier de protoplasmiques entités ; il poursuit la Ville des vrilles jusqu'au tréfonds de canyons abyssaux et parfois, au bout d'un rêve, il devine dans le lointain des eaux ce nimbe violet que produisent ses feux. Alors il sent qu'elle est proche, la Cité vagabonde ; les poissons dansent pour témoigner de son passage récent, les flots vibrent encore de la rumeur des conques, et Fngl sait qu'il arrive, qu'il la contemplera bientôt. Et Luc aussi ne vit plus que pour ça. Sa quête de la belle Ftan se fait urgente, plus vitale que jamais depuis le retour à l'école. Je pense que c'est même une condition de sa santé mentale. Rêver a toujours été pour Luc un exutoire naturel, un moyen de contourner la détestable réalité, mais rien de ce qu'il vivait auparavant ne se compare aux affres quotidiennes de la polyvalente. À ses yeux, c'est l'antithèse concrète de Ftan, le pendant cauchemardesque du glorieux univers aquatique. Réintégrer chaque nuit sa peau de triton devient l'équivalent d'une drogue, d'un analgésique dont il a besoin pour tenir le coup, et en doses de plus en plus massives.

❑

Tout est prétexte à fuir l'école monstrueuse. Au lieu d'aller aux cours, il s'évade, et je le suis comme un imbécile jusqu'en ville. Heureusement que Grand-père m'a demandé de trier pour lui le courrier du bureau de poste ; comme ça je pourrai intercepter mes rapports d'absence et échapper aux réprimandes. Luc n'a pas ce souci puisque le Chien expédie directement à la poubelle les lettres de l'école, comme toutes les factures, sans même les ouvrir.

Nous nous payons de fameuses escapades parascolaires. Nous commençons par aller faire un

tour aux arcades, mais l'instinct de Luc l'aiguille
vers la mer et nous retrouvons bientôt au port, mêlés aux matelots en vadrouille qui essaiment dans
le quartier, nous délectant d'éclats de grec ou d'italien, d'accents du Portugal ou du Japon capturés au
passage. Au coin de la rue Maltais, il y a le Béluga,
un magasin où on vend du matériel de plongée. Il
faut voir grimacer Luc devant les prix exorbitants
des scaphandres. Pour le consoler, nous allons han-
ter les docks et humer leurs odeurs enivrantes
d'iode et de fer frais, de pétrole, de poisson, d'horizons sidéraux. Nous parcourons les quais, explo-
rons les hangars. Surtout, nous admirons les navires. Debout sur les bollards souillés de guano, nous
jaugeons le tonnage des cargos et chantons leurs
noms exotiques. Puis nous allons au Vieux Quai
pour assister au retour d'un crevettier ou d'un crabier fatigué. Penchés sur l'épaule des pêcheurs,
nous surprenons dans les profondeurs mordorées
le ballet glauque des éperlans et des loches. Pleins
de mansuétude, nous rejetons à la flotte les cra-
pauds de mer stupides qui s'entêtent à gober les ap-
pâts des poissons plus nobles.

Vingt

L'automne révèle ses couleurs tandis que Maman récupère les siennes. Nous avons loué un fauteuil roulant et je la pousse ici et là sous le regard envieux de Luc, mais elle n'a pas vraiment envie de bouger. Le plus souvent, elle me demande de la stationner devant la fenêtre et elle lit des poésies de Supervielle, de Nelligan. Ou elle se contente de regarder dehors, comme si elle contemplait un paysage fantastique et lointain, désormais inaccessible.

❏

Elle se sentait forte ce matin et, après le déjeuner, elle a demandé à voir la tombe de mon père. J'ai d'abord fait un saut sur la colline, histoire de m'assurer qu'il ne restait nulle trace de nos travaux, puis j'y ai conduit Maman dans son fauteuil. Nous avons passé un long moment dans le cimetière déshabillé, ne dialoguant qu'en pensée dans les tourbillons de feuilles sèches. L'œil de mon père clignait dans le soleil bas qui aurifiait nos fronts. Sa présence était partout sensible dans les manifestations de l'automne souverain, mais Maman ne s'apercevait de rien. On dirait que la mort de Papa s'installe à demeure en elle. Le problème n'est plus l'aspect moteur de son rétablissement mais sa dimension morale ; c'est dans l'âme qu'elle tarde à guérir. Comment dénouer ce linceul qui enveloppe son cœur ?

❏

Luc se déniaise. Il s'est donné pour mission de divertir Maman de ses soucis. Il a décidé de la faire rire, lui le pierrot des plages, et ne paraît plus dans sa chambre qu'affublé d'un quelconque déguisement. Il se coiffe d'un abat-jour ou d'un bol à salade, se fait des oreilles d'éléphant avec ses chaussettes et s'efforce d'imiter tous les drôles d'imbéciles qu'il voit à la télé. Il voudrait être Luc le pitre, le roi de la cabriole et de l'humour, mais il est pitoyable en vérité, et mérite mieux que jamais son surnom de mongol. Le plus surprenant, c'est de voir Maman sourire à ses simagrées. Il lui arrive même de rire franchement, délicieuse musique. Bien entendu, c'est une gentillesse qu'elle lui fait, à ce pauvre sans-mère. Maman sait qu'il cherche à étancher en elle sa soif maternelle, et elle joue le jeu. Elle accepte de remplacer temporairement dans la pièce de Luc l'actrice principale qui a disparu au premier acte.

❏

Elle l'appelle son petit clown et je le trouve toujours fourré dans sa chambre, répandu à ses pieds,
fendu en seize. Il dit qu'il veut prévenir ses moindres besoins mais c'est un prétexte pour rester auprès d'elle et l'adorer à son goût. Il lui dessine des
poissons, des astéries, des algues, des sirènes. Maman s'émerveille de son talent et j'avoue que la ja-
lousie me pince les tripes, moi qui dessine comme
une pioche. Leurs rapports prennent un tour d'intimité qui m'éprouve, mais je n'arrive pas à leur en
vouloir. Luc n'a-t-il pas mérité que je la partage un
peu, cette mère à la renaissance de laquelle il a tant
contribué? Et puis c'est vrai qu'il dessine bien; ce
n'est quand même pas sa faute. D'ailleurs, leurs pla-
cotages demeurent parfaitement innocents.

❏

Il a dessiné pour Maman le portrait de Chantal
et il l'a interrogée à son sujet. Ça ne le lâche pas,
cette étrange lubie, cette nostalgie inventée. Ça paraît englouti mais c'est toujours là, à fleur d'âme,
n'attendant que l'occasion d'émerger. Maman a été
obligée de le décevoir: elle n'a pas connu sa mère
car elle n'habitait même pas au village à l'époque
de sa mort; elle était à l'université. Le beau visage
de Chantal lui est donc étranger mais elle a demandé si Luc n'avait pas d'autres parents du côté
maternel: oncles ou cousins, grands-parents. Luc
l'ignore. Son père n'en a jamais parlé et lui-même
n'a rien demandé, évidemment. Mais lorsque
Maman a proposé d'interroger le Chien pour lui, il

s'est empressé de refuser. Elle a insisté car elle estime important qu'on sache, et Luc a promis de s'en occuper le soir même. Il a eu chaud, le pauvre. La seule pensée que la pureté de Maman puisse être souillée au contact même téléphonique de la grossièreté viscérale du Chien le rend malade.

❏

Le Chien n'a pas dû apprécier les questions de son fils, car Luc est arrivé ce matin avec une lèvre fendue. Il a prétendu que c'était à cause d'une mauvaise chute mais personne n'a cru son histoire. Tremblant de colère indignée, Maman a attrapé le téléphone pour appeler la Protection de la jeunesse, mais Luc l'a supplié de n'en rien faire et lui a confié sa crainte morbide d'être déporté en famille d'accueil. Maman a retenu son geste mais a exigé qu'on la roule chez le Chien afin qu'elle puisse au moins lui dire sa façon de penser. Grand-père s'y est objecté : décidant d'aller lui-même tancer le pêcheur, il a coiffé sa casquette et est parti d'un pas viril. Luc n'était pas gros dans ses culottes, mais celles-ci ont repris leurs dimensions normales une heure plus tard lorsque Grand-père est revenu, bien vivant quoique blême, et sans casquette. Refusant de commenter sa visite chez le Chien, il s'est enfermé dans la chambre de Maman avec Grand-mère et ils ont tenu un de ces détestables conciliabules réservés aux adultes. Dix minutes plus tard, ils nous ont fait entrer. Ils respecteront la volonté de Luc. Ils n'alerteront pas la DPJ, mais ils interdisent à mon ami de jamais remettre les pieds chez son père. Désormais, c'est chez nous qu'il habitera. Luc ne demande pas mieux. Il a remercié à travers ses larmes et juré de mériter notre confiance. Me voici donc nanti d'un frère adoptif. Tous ensemble, nous formerons une famille nouveau genre, curieusement tricotée, certes, mais dotée d'un cœur vaillant. Que le Chien ose donc venir réclamer Luc, pour voir.

Vingt et un

Grand-mère s'est emparée de Luc et l'a mis à une rigoureuse école d'hygiène corporelle. Il s'agit d'un entraînement au réflexe conditionné qui s'intensifie à l'approche des repas et s'achève le soir par de drastiques ablutions. Luc tient le coup. Même qu'il commence à embaumer. Pavlov serait fier de lui. Grand-mère le récompense en le bombardant de petits cadeaux pratiques, brosses à dents, coupe-ongles, pyjamas, et Luc répond à cette prodigalité par l'expression d'un gigantesque respect. Il accepte de revêtir le vernis de civilisation que lui impose Grand-mère et s'efforce de combler ses hautes ambitions. Il est disposé à la satisfaire en tout sauf sur un point : qu'on n'espère pas le voir renoncer à sa vieille casquette et à ses bottes de *neuf*. Si décatis qu'ils soient, ces articles sont ses emblèmes personnels, et de cela il faudra que Grand-mère s'accommode. Elle se résigne et tente d'en faire abstraction. Renonçant à cultiver les extrémités de Luc, elle se concentre sur le milieu et, déjà, elle n'a plus que des louanges à émettre à son sujet. En fait, elle sombre dans l'angélisme : grattant la

croûte de Luc et s'étonnant de ce qu'elle met au
jour, elle finit par lui inventer des vertus imaginaires. Un parangon, voilà ce qu'il devient à ses
yeux. Pauvre Grand-mère. Luc, civilisé ? Si elle pouvait le voir danser le vaudou en bobettes dans
l'Anse et glapir comme un possédé afin d'invoquer
les éléments vengeurs chaque fois que le Chien
prend la mer !

❏

Le mystère familial de Luc reste entier mais Maman s'y attaque avec l'application du bon détective.
Ça lui fait une occupation, quelque chose d'important à accomplir, une autre raison de vivre, finalement. Elle nous a envoyés chercher au presbytère le
certificat de baptême de Luc. Fouillant son registre
entre deux bouchées de tarte, le père Loiselle a produit une copie du document et Luc l'a examiné avec
curiosité car c'était la première fois qu'il avait sous
les yeux une preuve aussi incontestable de sa
propre existence. Sur le papier figurent les lieux de
naissance de ses parents et même les dates, en
prime. Chantal Bouchard est née à Rimouski. Elle a
eu vingt-huit ans le mois dernier. Elle aurait eu.

C'est une ville, Rimouski, une piste. Si Luc a des
parents, peut-être est-ce là qu'on pourra les trouver.
Avec Maman, nous avons épluché le bottin du Bas-
Saint-Laurent, ce qui a permis de recenser deux
cent six Bouchard de toutes épellations, dont douze
Chantal. L'étape suivante consiste à téléphoner à
tout ce beau monde.

❏

Nous avons transformé la chambre de Maman en mini-central téléphonique et nous appelons outre-mer. En toute logique, nous devrions dénicher certains parents de Luc, et cette perspective affûte son imagination, mais pas comme on pourrait le croire. Il est d'accord pour retracer d'éventuels parents, s'ils existent, mais au fond il se fiche de renouer avec ces êtres qui lui sont inconnus. Ce qui l'intéresse dans l'initiative de Maman, c'est la possibilité d'interroger les douze Chantal. Il espère ainsi retrouver sa mère, non pas la sirène mais la vraie, la mère à pattes, et ça lui chauffe les circuits. Il s'obstine à parler d'elle comme d'une personne vivante et, si j'ai le malheur d'émettre un semblant de doute, le voilà qui monte sur ses grands hippocampes pour défendre la thèse de sa survie. Il affirme que la noyade n'était qu'une mise en scène servant à couvrir sa fuite. Il pense qu'elle peut avoir choisi de retourner vivre là-bas, sur la rive sud, et sa conviction est telle que je finis par me laisser convaincre. Ce n'est pas impossible, après tout.

❏

Nous avons achevé notre sondage téléphonique. Nous avons épuisé la liste des Bouchard et, d'un bout à l'autre, on jure n'avoir jamais entendu parler de Luc. Quant aux Chantal, aucune n'a voulu reconnaître qu'elle était sa mère. Après tout, rien ne prouve qu'elle est retournée dans son bled natal.

Elle peut aussi bien être à Tokyo, pour ce qu'on en sait. Ou vivre sous un autre nom. Selon Luc, il reste la possibilité qu'une des Chantal ait menti, mais comment faire pour en avoir le cœur net ? Les passer toutes au détecteur de mensonge ? Luc aimerait pouvoir les interroger en personne. Il pense qu'il saurait lire en elles. S'il n'en tenait qu'à lui, il prendrait le premier autobus pour Rimouski.

❏

Il a disparu. On ne l'a pas vu depuis hier et tout le monde est sur le gros nerf. Je suis allé inspecter sa cachette à sous et j'ai trouvé le pneu vide. Il a aussi emporté la liste des Bouchard. Il est allé à Rimouski, bien entendu. Il n'a pas pu résister, l'enfant de nanane.

❏

Il vient d'appeler d'une cabine et il s'est excusé de nous avoir inquiétés. Je l'ai criblé de reproches, ce zouave des cavernes, mais il dit qu'il n'avait pas le choix, qu'on ne lui aurait jamais permis de partir seul. Il ne perd pas son temps, en tout cas : il sillonne Rimouski, cognant aux portes et auditionnant les candidates. Il a déjà éliminé neuf Chantal. Il lui en reste trois à voir. Il a promis de revenir demain.

❏

Nous sommes allés le chercher au terminus. Je le soupçonne de n'avoir pas mangé depuis trois jours. Il revient bredouille, finalement persuadé qu'aucune Chantal n'est la bonne. Ma mère a eu avec lui une sérieuse discussion à propos des choses qui ne se font pas. Je crois qu'il a compris. Il modérera désormais ses transports.

Il semble dompté et fait le gars raisonnable, mais ce n'est qu'une apparence. Son âme reste agitée. Il flaire le vent, cherche une nouvelle piste. Il reste persuadé que sa mère vit et qu'il doit subsister des traces de son passage. Il affirme que quelqu'un quelque part doit savoir. Hormis le Chien, bien entendu, qui ne compte pas, car pour le faire parler il faudrait sans doute le torturer et ça ne nous dit rien d'essayer. Les voisins, peut-être? Comme Luc est inapte à recueillir leurs confidences, j'ai offert de m'en charger.

❏

Les Trépanier, côté ouest, m'ont gavé de pouding, mais ils se sont faits discrets lorsque j'ai évoqué la mère de Luc, et affirment ne rien savoir d'elle. J'ai eu encore moins de succès à l'est, chez M. Cormier : le bonhomme est devenu irascible dès que le nom de Bezeau a été prononcé, et il m'a mis à la porte. J'ai encore tenté ma chance chez les Desrosiers, puis chez les Keene, mais je n'ai récolté qu'une moisson de silence. On prétend ignorer. On affecte de ne rien savoir. Ça pue la mauvaise foi, et les soupçons de Luc s'en trouvent renforcés, mais le

fantôme de la belle Chantal reste cependant insai-
sissable. Luc en a le cœur crampé. Il reste con-
vaincu qu'elle respire quelque part et il donnerait
cher pour savoir où. Reste l'iguane et son sourire
bonasse, ses rêves coralliens trop hermétiques pour
ma tête molle. Luc a déposé sur l'autel un portrait
de sa mère et il attend une idée, un rêve. Qui est-
elle ? Où peut-elle bien être ? Et où donc est Luc lui-
même lorsque, planté devant la glace, il se lime la
rétine à force d'examiner ses traits en marmonnant
dans le langage de Ftan ? On dirait qu'il attend de
ces séances d'autohypnose une sorte de révélation.
Espère-t-il voir son reflet s'animer et lui révéler où
se cache sa mère ? Miroir magique sur le mur…

Vingt-deux

La promesse d'un hiver précoce me faisait redou-
ter une possible rechute. Je craignais que ça rappelle à Maman d'autres froidures trop récentes encore, mais je suis rassuré car la chute du mercure
ne paraît pas l'affecter. On dirait au contraire que ça
la stimule : son fauteuil roulant ne sert plus qu'à
nos courses de Grand Prix et autres expériences ba-
listiques. Maintenant qu'elle tient sur ses jambes,
Maman arpente chaque jour la grève durcie, et son
pas s'allonge, ses joues rougissent au grand vent
gris du Labrador. Elle s'obstine à sortir tête nue, sans
gants ni foulard. Elle a des chaleurs et Grand-mère
la suit partout dans la maison avec un châle, re-
montant les thermostats, refermant les fenêtres
qu'elle laisse béantes dans son sillage. Il faut croire
que son glacial séjour dans le Kilomètre 54 l'a en
quelque sorte immunisée.

❏

Les nids-de-poule se sont cristallisés, puis les
premières neiges nous ont ensevelis. Grand-père

n'attendait que ça, et sa souffleuse était prête, abreu-
vée jusqu'à la gueule, mais Luc lui a proposé de
tout faire à la pelle, y compris l'entrée d'auto. Il a expliqué qu'il s'en occupait toujours chez le Chien et
que c'était devenu une habitude, un genre de sport
hivernal auquel il tient. Puisque ça semblait tellement lui importer, Grand-père a acquiescé. Il réser-
vera sa souffleuse pour les grandes occasions, les
vraies tempêtes.

❏

C'était sérieux, la proposition de Luc. Quand je
suis descendu pour déjeuner, il était déjà dehors et
se défonçait allègrement, ce minable homme des
neiges. Comme l'entrée fait trente mètres de long et
qu'il y en avait épais, je me suis senti obligé d'aller
le secourir. J'ai joint ma pelle à la sienne, et ensemble nous avons bientôt vu le bout. Mais voilà
que ce soir il neige encore, et je commence à regret-
ter mon initiative. En aidant Luc ce matin, est-ce
que je n'ai pas créé un dangereux précédent?

❏

Le ballet des flocons rend Maman nerveuse. Gagnée comme chaque année par la fièvre du Ski-
doo, cette malaria nordique, elle fatigue, mais il est
exclu que nous la laissions jamais remonter sur
l'un de ces maudits engins. Pour la distraire, j'ai proposé qu'on sorte plutôt les patins, et nous sommes
allés rayer la glace de l'école après le souper.

Évitant les astronautes nains et les pousseux de *pucks*, nous avons tournoyé sous les projecteurs comme des clowns olympiques et valsé sur des musiques de tôle tandis que Luc rongeait son frein derrière la bande. Il ne sait pas patiner et cette louche activité lui inspire une méfiance aiguë. Il nous suivait d'un bout à l'autre, couvant ma mère d'un œil inquiet, craignant sans doute qu'elle chute sur cette surface glissante et se pulvérise comme un bibelot fragile.

❏

En dépit des tristes effluves que fait planer l'absence de mon père, les Fêtes se présentent sous de favorables auspices. Luc s'est mêlé de la décoration et même de la cuisine, offrant à Grand-mère de faire le marmiton tandis qu'elle préparait ses tourtières. Agile comme un macaque, il a escaladé la véranda pour consteller la maison d'ampoules multicolores. Il a aussi participé à l'érection du sapin, aux branches duquel il a accroché les boules, ainsi que quelques arêtes de maquereau pour faire encore plus joli.

❏

Le déblayage de l'entrée est devenu un rituel matinal, une sorte de réflexe musculaire. C'est une routine assez agréable finalement, et une occasion de disputer de belles joutes viriles : ivres d'endorphines, nous fonçons des deux bouts de l'entrée et dévorons la congère en visant le bâton de hockey qui sert de fanion au centre, tandis que Grand-père tient le chrono et nous encourage. D'autres fois, d'humeur plutôt artistique, nous prenons le temps de tailler dans l'hiver solide de beaux gros cubes immaculés que nous laissons au milieu du chemin, en guise de signature.

❑

Le réveillon a été joyeux. Grand-père a reçu un anémomètre et Grand-mère une nouvelle machine à coudre. Maman a branché sa mini-chaîne stéréo et mis un disque de chansons de Noël pendant que je déballais fébrilement mon ordinateur. Pour Luc, j'avais acheté de vraies bonnes palmes et, à ma sug- gestion, mes grands lui ont offert un masque de plongée. Grand-mère lui a aussi donné un somp- tueux pantalon de velours. À chacun de nous, il a offert un présent bricolé dans son atelier de l'Anse. Il m'a donné un collier de pinces de crabe, symbole du pacte qui nous lie et gage de notre amitié. Pour Grand-père, il a sculpté dans une vertèbre de ba- leine un cendrier fort impressionnant, et il a con- fectionné à l'intention de Grand-mère un joli petit miroir au cadre tressé de foin de mer. Le cadeau de ma mère a été son souci majeur des dernières se- maines. Incapable de rien imaginer qui soit assez beau pour elle, il a hésité jusqu'à l'ultime minute puis fabriqué en catastrophe de délicats pendants d'oreilles sertis de bébés coquillages. Maman les aime beaucoup. De son côté, elle lui a fait cadeau d'un attirail d'artiste comprenant des toiles, des huiles, des fusains et des encres, mais elle avait aussi un autre présent : elle lui a acheté des patins. Désarçonné sur le coup, Luc s'est empressé de les étrenner ce matin, en s'entraînant sous ma supervision. Il a couvert davantage de distance sur les fesses que sur ses lames et il se transformait parfois en missile incontrôlable que seule la bande pouvait stopper, mais je sais que nul bleu ne le fera renoncer ; il a résolu de maîtriser ce nouveau mode de locomotion et il y parviendra quoi qu'il en coûte car il s'agit d'honorer le cadeau de ma mère.

Ne voulant pas que l'iguane soit laissé à l'écart de l'allégresse générale, nous avons chaussé nos raquettes et nous sommes allés à l'Anse pour lui faire un petit réveillon personnel. Après avoir coiffé sa tête plate d'un bonnet rouge et orné sa crête de guirlandes, nous avons poussé quelques tounes de Noël, puis j'ai déposé devant lui une photo panoramique des îles Galápagos, que j'ai piquée dans un *Géo*. Tout au long de la fête, le lézard ne nous a accordé que son sempiternel sourire mésozoïque, mais j'ai senti qu'il appréciait.

❏

L'hiver ne nous empêchera pas de présenter nos respects à l'iguane. Malgré les neiges épaisses, nous continuons de sillonner les Gigots et visitons souvent cette glacière où hiberne l'amphibien. Il suffit d'ailleurs d'allumer un feu pour que la grotte devienne vite confortable, assez en tout cas pour que

nous puissions ôter nos parkas et travailler à la
fresque de Luc. Je l'aide à faire les fonds et je me
risque parfois à gribouiller un petit triton dans un
coin, tandis qu'à même la voûte, devant l'alcôve,
il peint comme un Michel-Ange à la gomme. Il
cherche à reproduire un monstre à tête de pieuvre
qu'il croise parfois sur la route de Ftan et qu'il combat sans jamais réussir à le vaincre. J'ignore si c'est
voulu, mais les yeux du monstre font penser à ceux
du Chien…

Vingt-trois

Le non-respect des tables de plongée ou de la vitesse de remontée prédispose à la formation anarchique de bulles d'azote dans le corps. C'est ce qu'on appelle l'accident de décompression.

Nous n'entendons plus parler du Chien. L'animal semble avoir oublié l'existence de Luc. Nous faisons de grands détours superstitieux afin d'éviter la maison jaune et nous n'osons même pas prononcer le nom de son détestable occupant de crainte que la seule vibration de ce mot puisse provoquer quelque chose.

Ça lui fait du bien, à Luc, de vivre parmi des gens normaux. De nouveaux kilos agrémentent sa carcasse de poulet. Il se remplume, et se peigne désormais comme un chanteur pop, mais ce n'est encore que la pointe de l'iceberg, la partie visible d'un changement plus profond. Une mutation s'opère en lui. Pour comprendre, il suffit d'ouvrir son cahier de dessin. Les sirènes et autres trucs aquatiques s'y rencontrent moins souvent ; ils sont côtoyés par des

paysages terrestres, des caricatures de profs, des re-
présentations d'objets ordinaires et de scènes obser-
vées dans le quotidien. Même le portrait jadis om-
niprésent de sa mère se fait rare, mais les nôtres par
contre abondent. Je pense que c'est le signe d'une
évolution favorable, d'une meilleure adaptation au
monde. C'est comme si l'éther de Luc se condensait,
comme si le sol s'affermissait sous ses pieds. Au
frottement prosaïque de notre petit groupe, il appri-
voise la réalité. Il ne renoncera jamais au royaume
des songes, vrai pays de son cœur, mais il prie
l'iguane avec moins d'urgence qu'avant. Son théâtre
de fantasmes continue de faire chaque nuit salle
comble, mais il a cessé de maudire le lever du jour.
Ftan reste sa destination idéale, mais il se trouve désormais soumis à l'attraction puissante d'une famille, d'un foyer, et un nouvel équilibre gravitation-
nel se crée. Lui qui n'a jamais présenté que la
poupe aux côtes de la société humaine, voilà qu'il
trouve enfin un port où relâcher. Lui, l'habitué des
navigations intérieures, l'amant des hautes mers
imaginaires, lui qui a toujours préféré la paix des
profondeurs aux agitations de la surface, voilà qu'il
prend le risque d'émerger. À ce maudit réel qu'il n'a
jamais perçu qu'au travers d'un prisme de douleur,
il trouve tout à coup des attraits insoupçonnés ; il
découvre qu'on peut y pousser des racines sans sa-
crifier ses rêves, et c'est une révélation majeure. Il
relève le défi. Il accepte de se matérialiser. Même à
l'école il tente de s'habituer. Il ne se retranche plus
dans son casier. Il s'entraîne à marcher d'un pas
calme au centre des corridors. Il préfère quand

même la quiétude hermétique de la bibliothèque. Il
y passe un maximum de temps à étudier comme
un malade. Puisqu'il faut faire quelque chose d'utile
dans la vie, il a décidé de devenir un grand savant
sous-marin, une sorte de Cousteau amélioré.

❑

Après avoir contesté l'autorité d'un hiver sénile,
le printemps s'impose et sculpte la grève, la semant
de tourments dégoulinants. Les Gigots fondent
aussi, ce qui facilite nos pèlerinages à l'Anse. Nous
oublions nos foulards sur le banc de l'entrée. Les virus en profitent pour déclencher les hostilités, et
c'est le déploiement des thermomètres, la guerre
des mouchoirs, puis la revanche des globules. Il
règne partout une grouillante odeur d'humus en
cloque, et Maman est sensible à ce phénomène de
régénération universelle. Le retour des longs jours
lui donne la bougeotte. Elle scrute le journal, fouille
les annonces, étudie les offres d'emploi. Elle s'en-
nuie de son indépendance et voudrait redevenir
adulte. En privé, elle parle de déménager bientôt en
ville, mais elle hésite à cause des effets secondaires.
Car il y a mes grands dont l'âge a été accéléré par
les soucis récents et qu'il nous répugne de quitter
après tout ce qu'ils ont fait. Aussi, il y a Luc que
nous ne voulons pas laisser derrière et qu'il faudra
convaincre de nous accompagner à Villeneuve, ce
qui ne sera pas facile. Maman anticipe une séparation déchirante et ça lui ôte le goût de partir. Elle dit
qu'il faut y réfléchir davantage, puis elle remet

encore la décision finale. Ça me convient. En ce qui me concerne, rien ne presse.

❏

Avec le beau temps rappliquent toutes sortes d'oiseaux frileux et, parmi les plus drôles d'entre eux, Joël, Marc et Luigi, les amis plongeurs de Luc. Ils ont hiverné en Martinique et en reviennent dorés des deux bords. Ils ont décroché un nouveau contrat au port de Villeneuve et ils sont bien contents de se réinstaller dans leur vieux repaire à mulots. Les gars ont fait une folie : ils se sont payé un gros Zodiac avec un moteur de cent vingt-cinq forces, à bord duquel ils vont raser la houle chaque soir après le souper. Nous ne nous faisons pas prier pour les accompagner ; je ne connais rien de plus excitant que de bouffer ainsi les embruns à la vitesse du son. Luc aime se tenir à la proue et tout avaler des yeux, mais lorsque nous passons devant chez le Chien, il détourne la tête. Il ne veut même pas risquer d'apercevoir son faux père. De toute façon, la bête est invisible. Indifférent au cycle des saisons, le Chien reste encabané dans son Sahara intime, et la barque s'incruste sur ses cales. Seule l'absence occasionnelle du camion témoigne de l'existence d'une quelconque forme de vie larvaire.

❏

C'est le retour du capelan et l'ouverture de la chasse aux bouteilles. La saison promet d'être fructueuse et Luc hante la grève avec ferveur car Joël, qui veut moderniser son équipement de plongée, a promis de lui céder pour des pinottes son vieux détendeur et ses bonbonnes usagées. Les plages s'animent. Les feux renaissent. Grand-père dépoussière son répertoire de chouennes et nous en sert de nouvelles versions plus épouvantables que jamais.

❏

Tout à coup, c'est l'explosion de l'été, son bourgeonnement atomique, sa pyrotechnie d'affriolantes promesses, et c'est la fin des classes, clou du feu d'artifice. Pour un temps qu'on souhaite élastique, nous vouons au diable l'école et les choses qui pèsent. Nous sommes des nœuds de sens exacerbés. Nous écourtons le sommeil pour ne rien gaspiller, car il faut savourer chaque goutte du grisant élixir qui coule du soleil en perce, et stocker à pleins pores les photons sauvages qu'il distille. Nous nous gavons de liberté. À l'instar de la nature bourdonnante, nous sommes pressés de croître, d'exister au carré, de vivre à la millième puissance.

❏

Il ne manquait plus que ça : l'arrivée impromptue de l'oncle Hugues. Hugues dont nous n'avions eu des nouvelles depuis deux ans que par une seule carte postale expédiée du Liberia. Hugues que personne n'attendait et qui a surgi tout à coup en plein souper, déposant sur le seuil sa valise bardée de destinations lointaines. Hugues le courailleux, l'aventurier, celui que mes grands ont vu retontir avec des sentiments mitigés, car c'est le mouton le moins immaculé de notre honorable famille, mais que nous avons accueilli en lui sautant au cou, Maman et moi, car il est à la fois son grand frère et mon oncle préféré.

Hugues et Maman s'appartiennent depuis toujours. Penché sur le berceau de ce bébé fille né le jour de son sixième anniversaire, Hugues a décidé qu'elle était son cadeau, et elle est restée depuis ce qu'il a de plus cher, son elfe, son ange de poche, son trésor. Avait-elle soif ? Il courait lui chercher un Pepsi au dépanneur. Désirait-elle un ballon ? Il en chipait un à quelque enfant du voisinage. Trouvait-elle jolies des ballerines vues à la télé ? Il s'arrangeait pour lui faire venir de Québec des chaussons à pointes. Voulait-elle la lune ? Il décidait sur-le-champ de se faire astronaute. Rien n'était inaccessible pour sa princesse en bottines de feutre, et cet amour immodéré lui était rendu car Maman vénérait son grand frère, ce magicien tout puissant. Assurément, jamais fillette n'avait eu un frère plus chevaleresque ni un plus féroce protecteur ; personne n'aurait osé lever un doigt sur la sœurette d'Hugues. Même que c'était devenu un problème à l'adolescence, car il se montrait exigeant quant au choix qu'elle faisait de ses soupirants, et s'arrangeait pour les faire déguerpir l'un après l'autre. Seul Papa avait trouvé grâce à ses yeux, sans doute parce qu'il lui ressemblait tant, et c'est d'ailleurs la raison de

mon affection spéciale pour ce grand fanal
d'Hugues. Je l'adore non seulement parce qu'il est
le plus dynamique et le plus irrévérencieux de mes
oncles, mais surtout parce qu'il me fait penser à
mon père. C'est pour ça que je l'aime tant, et maintenant plus que jamais. C'est pour ça que je me suis
précipité dans sa rude odeur de frites et que je l'ai
serré à m'en déboîter les épaules.

Entre deux becs, Hugues a expliqué qu'il débar-
quait d'Afrique. S'étant rendu à notre maison de
Villeneuve et l'ayant trouvée déserte, il s'était ren-
seigné auprès d'un voisin qui lui avait annoncé la
mort de mes parents. N'ayant fait qu'un seul bond
horrifié jusqu'à Ferland, il était infiniment soulagé
de trouver Maman bien vivante, au moins. Nous
lui avons fait le récit des événements, ce qui nous
a tous plongés dans l'affliction, et surtout Maman,
qui s'est liquéfiée dans ses bras. Ravalant ses propres sanglots, Hugues s'est employé à la consoler.
Voulant ranimer son sourire et ventiler pour commencer la tristesse étouffante qui s'accrochait à elle,
il a décidé tout à coup de l'emmener danser. Maman ne savait pas trop, mais Hugues ne lui a laissé
aucune chance de refuser : il a déclaré qu'elle avait
besoin de sortir, de se changer les idées, que les dis-
cothèques de Villeneuve n'attendaient qu'eux, et il
l'a envoyée se faire belle.

Pendant que Maman se préparait, Hugues a répondu à nos questions à propos du Liberia, de la
Sierra Leone et de l'Angola, beaux pays malheureu-
sement ingouvernables, puis il s'est montré curieux
de faire la connaissance de Luc. Voyant mon ami

intimidé par ce géant tonitruant, je me suis chargé
d'expliquer qu'il faisait désormais partie de la famille. Prenant la chose avec le plus grand naturel,
Hugues lui a serré la pince et souhaité la bienvenue, comme si c'était lui qui arrivait. Maman est re-
descendue et nous avons eu le souffle coupé car
elle semblait tout à coup rajeunie de dix ans. Elle
s'était coiffée, maquillée, et elle avait passé sa plus
ravissante robe d'été. Il y avait longtemps que je ne
l'avais vue rayonner ainsi. L'entraînant sans perdre
un instant, Hugues l'a fait monter dans le cabriolet
rutilant qu'il a loué à l'aéroport et ils ont défoncé la
nuit en nous expédiant maints baisers.

Il est tard maintenant. Ils ne sont pas encore rentrés mais je n'ai aucune inquiétude. Il faudrait que
je finisse par dormir mais j'en suis incapable. Trop
excité par l'arrivée de mon oncle. Car Hugues est le
genre de type auquel nul ennui ne peut adhérer. Sa
présence, c'est l'assurance de vivre des jours
trépidants, et je ne puis m'empêcher de les antici-
per, les yeux ronds, galvanisé d'avance entre mes
draps.

Vingt-quatre

Hugues nous brasse la cage et nous entraîne dans un joyeux tourbillon d'activités, bousculade à laquelle est convié Luc, car mon oncle s'est pris de sympathie pour mon frère zouave. Il le trouve tordant et insiste pour le traîner partout avec nous. C'est une frénésie de sorties au restaurant et au cinéma, un blitz de magasinage afin de reconstituer à Maman une garde-robe digne d'elle, une succession de balades en voiture, une fièvre de baignades, de parties de base-ball et de frisbee en bedaine. Aujourd'hui nous avons survolé la taïga et les lacs du Nord dans un Beaver loué. C'était impressionnant de contempler d'en haut ce bouclier de vieille roche sillonné de rivières et moucheté de lacs innombrables. Nous avons amerri au Club Williams, une pourvoirie fréquentée par les amateurs de pêche au saumon. Le gérant est un ami d'Hugues et c'est chez lui que nous avons dîné. Puis nous avons regagné le sud, apercevant enfin la ligne brisée de l'Atlantique. Luc n'est pas encore revenu de cette excursion aérienne. Physiquement, il se trouve sur le lit d'à côté, mais dans sa tête il est toujours, en train de planer. Ça le changera, lui qui a plutôt l'habitude d'y nager.

❏

Cet harmonica, dont Hugues joue comme un vrai vieux nègre du bayou, répand ses miaulements dans le salon et, le soir, auprès du feu, mon oncle vole la vedette à Grand-père avec ses histoires vécues de guérilla et de reptation dans des marais infestés de crocodiles et de sangsues géantes. Les faribiboles du vieil homme paraissent fades par comparaison, et il souffre de cette compétition. Il pardonne mal à son imbécile de fils d'oser rivaliser avec lui dans sa propre maison, et l'accuse de nous farcir la cervelle de violentes inepties. Je ne m'étais jamais vraiment interrogé quant à la nature du travail d'Hugues. Je sais qu'il est soldat de fortune, profession que mes grands jugent infamante, mais dans la candeur de mon âme, je l'ai toujours imaginé sous les traits d'un guerrier valeureux. Une sorte de chevalier errant. Un héros de dessin animé. La réalité serait-elle moins chatoyante? Se peut-il que mon oncle soit mêlé à de louches affaires? J'ai parfois envie de le lui demander, mais au fond je ne suis pas sûr de vouloir savoir. J'espère seulement qu'il combat du côté des justes.

❏

Derrière la remise, Hugues nous donne des leçons de jiu-jitsu et nous fait bénéficier de son expérience des armes blanches. Il est drôlement fort avec les lames. Il manie en expert toutes les sortes de pointes et peut toucher Canuel en plein cœur plusieurs fois de suite avec des tournevis de différentes grosseurs. Grand-père n'apprécie guère ces séances d'arts martiaux. Il nous regarde faire d'un œil revêche et on le sent exaspéré. Il prédit que nos jeux de couteaux s'achèveront à l'hôpital mais Hugues se contente de hausser les épaules et Maman se porte à sa défense lorsque le ton monte. Grand-père finit par rompre ; devant l'alliance de ces deux-là, que peut-il faire d'autre que bougonner ? Quant à Luc, il se range volontiers à mon avis : il trouve Hugues génial. Il l'accompagne lorsqu'il fait son jogging et se porte toujours volontaire lorsque vient le moment de se chamailler dans la poussière. Luc est séduit par l'aura paternelle d'Hugues. Il devient même jaloux lorsque je me glisse affectueusement sous son bras musclé. Il boude et, pour parvenir à le dérider, il faut le chatouiller longtemps.

❏

Les vacances d'Hugues s'achèvent déjà. Il dit avoir en Angola de mystérieuses obligations à respecter. Il partira dans quelques jours et cette perspective nous attriste tous, hormis Grand-père, car la chicane est prise entre les deux. C'est aussi à cause de ça qu'Hugues préfère s'en aller. Pour finir en beauté son séjour parmi nous, il a loué un voilier sur lequel nous nous embarquerons demain, avec Maman, pour une mini-croisière dans le Golfe. J'en

profiterai pour m'initier aux rudiments de la navi-
gation à voile.

Vingt-cinq

Nous nous sommes embarqués sous un ciel bouché et nous avons cinglé vers l'issue du havre, mais nous n'étions encore qu'à la hauteur des îles lorsque le vent est tombé. Nous avons dû quitter la baie de Villeneuve propulsés par le moteur auxiliaire, sans gloire aucune. Après, il y a eu la pluie puis, vers midi, le brouillard. Débinés, nous avons jeté l'ancre devant Gallix et mangé une tourtière préparée par Grand-mère. Mais le vent s'est levé à la brunante et les vagues font maintenant un mètre. Sacré tangage. Tout le monde malade. Pas moyen de dormir. Heureusement, Luc prédit une embellie pour demain.

❑

J'ai appris à barrer en serrant le vent, avec le spi gonflé à éclater, et nous tranchons les eaux comme un couteau à beurre. Nous avons fait en deux jours l'aller retour jusqu'à Cap-aux-Loutres. L'eau frisait sur la coque ; même les baleines n'arrivaient pas à nous suivre. À moitié nus sous une avalanche de soleil, nous nous prenions pour des pirates et nous pourchassions des galions inventés. Nous avons même accosté aux Caouis pour y enfouir notre trésor, un tas de pièces africaines qu'Hugues a scellées dans une boîte à cigares. Ce soir, le dernier des vacances d'Hugues, nous mouillerons à l'île aux Basques, juste devant Villeneuve. C'est là que nous planterons nos tentes.

❑

L'île aux Basques n'est qu'à un mille nautique de Villeneuve dans la baie. De notre bivouac, on pouvait voir les maisons de l'autre côté et, une fois la nuit tombée, c'est devenu comme un chapelet de lumière. Nous étions moroses à cause du départ de mon oncle. Les adultes ont discuté de l'avenir et Hugues a remis à Maman un gros chèque, sa fraternelle contribution à notre prochaine réinstallation en ville. Luc paniquait mais Maman a répondu qu'elle n'était pas encore prête à déménager. Elle a proposé à Hugues de prendre plutôt sa retraite, de venir habiter avec nous à Ferland, et c'est alors que j'ai eu mon idée géniale : j'ai suggéré d'acheter dans le village une maison, pas trop loin de chez mes grands, où nous irions vivre tous les quatre. Ma proposition a reçu l'approbation générale car chacun y trouvait son compte, et Hugues a reconnu que c'était alléchant. Il a promis d'y réfléchir.

Notre humeur était allégée. Jugeant le moment propice, Luc a remis à Hugues un présent d'adieux, une amulette faite d'osselets magiques devant le protéger des dangers qui l'attendent en Angola. Hugues a accepté avec reconnaissance et il a demandé à garder aussi en souvenir un des portraits que Luc a croqués de ma mère et moi au large de Pentecôte pendant notre odyssée. Luc a ouvert son carnet, lui offrant de choisir. Feuilletant ces pages remplies de nos binettes mais aussi de poissons et de perspectives marines, Hugues s'est arrêté sur un récent portrait de Chantal, qu'il a étudié avec intérêt, faisant remarquer que la ressemblance était frappante.

Constatant qu'il avait un auditoire attentif et même inquisiteur en la personne de Luc, Hugues a admis qu'il avait connu sa mère, oui. Luc n'allait pas laisser filer une occasion pareille ; tenant enfin un témoin direct de sa préhistoire, il l'a pressé de parler. Mon oncle a précisé qu'il avait surtout connu Bezeau, un compagnon de beuverie à l'époque turbulente de la bande qu'ils formaient avec d'autres jeunes noceurs au bar l'Horoscope, mais qu'il avait eu l'occasion de bavarder avec Chantal lorsqu'il passait chercher son mari. La douce, la timide, la toute jeune Chantal. Devait avoir à peine dix-huit ans. Aurait mérité un meilleur homme que son grand flanc-mou d'époux, soit dit avec respect, car Bezeau était d'une paresse chronique et c'était souvent elle qui devait aller pêcher à sa place. De toute façon, c'était toujours à elle que revenait la tâche de nettoyer la prise. Et c'était sans compter le boulot de ménagère qu'elle avait à Villeneuve, au Foyer des marins. Vaillante petite femme. Trop gentille peut-être, trop soumise…

Luc n'allait pas se satisfaire de si peu. Il a supplié mon oncle de parler encore d'elle et des circonstances de sa disparition, mais Hugues a insisté pour dire qu'il savait peu de choses, qu'il n'avait jamais échangé avec Chantal que des banalités de seuil de porte, car Bezeau était d'un naturel jaloux, et elle tellement discrète de toute façon. Quant à sa mort, il en ignorait les détails. Il n'avait su que ce qu'on lui avait raconté au retour du Chiapas deux ans plus tard : cette triste histoire de noyade.

Hugues aurait voulu changer de sujet mais Luc exigeait qu'il continue, qu'il dise encore comment se passaient les choses entre ses parents. Mon oncle est devenu hésitant. Lui qu'on sentait capable d'affronter sans sourciller un char d'assaut, voilà qu'il branlait dans le manche. Prudent comme dans un champ de mines, il a parlé d'un changement observé chez Bezeau dans les semaines ayant suivi la naissance de Luc : le pêcheur était devenu hargneux, agressif, et il s'était mis à défoncer sérieusement la bouteille. Une sorte de dépression. S'il parlait de sa femme ? Hugues a admis que oui, qu'il tenait des propos décousus adressés surtout au fond de son verre. Des choses dures, d'inconséquentes paroles d'ivrogne qu'il refusait de répéter. Et puisque mon oncle préférait se taire, Luc a complété à sa place, répétant des mots trop souvent prononcés devant lui : salope, putain, bâtard... Nous étions navrés mais Luc affichait un sourire d'iguane sagace. Il s'en est allé arpenter la grève et Maman l'a rejoint, passant autour de ses épaules un bras consolateur.

Hugues avait la face longue. Sans doute se reprochait-il d'avoir trop parlé. Et quand je lui ai confié que Luc croyait sa mère encore vivante, il a paru préoccupé. Il a marmonné quelque chose à propos de boues qu'il aurait mieux valu ne pas remuer, puis il m'a fait promettre de bien veiller sur mon ami. Après quoi il est allé se glisser sous sa tente.

Maman se retirant à son tour, je suis allé trouver Luc au bord de l'eau. Il catapultait des galets vers les feux de la ville et je me suis mis à en lancer aussi, histoire de savoir qui était le meilleur. Pas jasant, le Luc, mais je savais à quoi il pensait : cette possibilité que le Chien ne soit pas son vrai père. Un autre homme dans la vie de sa mère ? D'autres gènes que ceux, détestables, du Chien ? Un autre père inconnu ? Avec lequel était peut-être partie vivre Chantal ?

Les astres longitudinaux de Villeneuve captaient son regard. Il a lancé un caillou en direction du port aux structures illuminées et je savais que la cible invisible était ce Foyer des marins dont avait parlé Hugues.

❑

Rien n'aurait pu détourner Luc de la sente brûlante ouverte dans la jungle de son passé. Ce matin, après le départ d'Hugues, nous avons pris l'autobus de Villeneuve et nous sommes descendu à l'ombre de la grande tente du Vieux Quai, au bord de la baie. Le Foyer des marins est une bâtisse blanche voisine des locaux de l'administration portuaire. Il s'agit d'un centre d'accueil à vocation pastorale. Sur la porte, un écriteau vous souhaite la bienvenue en six langues et affiche l'horaire des services religieux. Poussant cet huis, nous avons pénétré dans une salle meublée de vieux fauteuils, de machines distributrices et d'une télé où jouait en sourdine un quiz américain. L'endroit était désert. Il y avait tout au fond un autel en bois verni qui devait servir pour la messe, et un couloir percé de trois portes, que nous avons emprunté. La première porte s'ouvrait sur une grande pièce contenant deux billards et un jeu de fléchettes, la seconde sur un bureau inoccupé. De la troisième porte émanaient des bruits de vaisselle. Nous nous sommes avancés sur le seuil. C'était une cuisine. Penchée sur un évier mousseux, une femme nous tournait le dos. J'ai senti Luc tressaillir. Il était blême comme un drap et, l'espace d'un instant, j'ai été persuadé moi aussi que c'était elle… Qu'elle était restée cachée ici pendant toutes ces années, enchaînée à son évier, condamnée en raison de fautes anciennes à récurer éternellement des assiettes sales. Puis la femme s'est retournée et l'illusion s'est dissipée car elle avait au moins cinquante ans et ne ressemblait en rien au portrait de Chantal. Elle a demandé ce que nous faisions là. J'ai expliqué que nous cherchions une certaine Chantal Bouchard qui avait travaillé en ces lieux onze ans plus tôt. Mais ce nom ne disait rien à la dame qui n'était employée elle-même du Foyer que depuis six ans. Elle a suggéré de revenir en fin d'après-midi pour demander au père Miron, le responsable, et j'ai traîné Luc dehors. Une bonne lampée d'air marin l'a raplombé. Nous avons décidé d'attendre le père Miron et, pour mieux égrener le temps, nous sommes allés flâner sur les quais.

Lorsque nous sommes revenus au Foyer trois heures plus tard, un équipage italien venait d'y débarquer. La salle était pleine de types en vareuse qui se hélaient et jouaient au billard en attendant de sortir en ville. Nous avons poireauté un moment devant le bureau du père Miron, qui était occupé à confesser un matelot. Puis, après le déchargement de cette fraîche cargaison de péchés, le prêtre nous a reçus. Un homme affable, quoique visiblement surmené. Il a écouté Luc lui exposer le but de notre visite puis il a expliqué qu'il ne s'occupait du Foyer que depuis huit ans et ne savait rien d'une Chantal Bouchard ou Bezeau. Voyant Luc abattu, il a voulu savoir pourquoi il recherchait cette femme. Apprenant qu'il s'agissait de sa mère, il a proposé de s'informer auprès de son prédécesseur, qui pourrait sans doute nous renseigner. Il s'agissait du père Loiselle. De la paroisse de Ferland, oui. Miron voulait téléphoner sur-le-champ, mais Luc a décliné l'offre.

Deux vrais zombis dans l'autobus. Le père Loiselle, cet allié de toujours, cet être loyal, ce supposé ami de Luc... Pourquoi n'avait-il jamais parlé du Foyer des marins ? Cette attitude ambiguë qu'il avait depuis toujours à l'égard de Luc, ce mélange de familiarité et d'embarras, ces petites attentions, cette façon de s'intéresser à sa santé, à son bien-être... Et cette haine féroce que lui vouait le Chien...

Les boues dont parlait Hugues. Un marécage ex-
halant des miasmes nocifs. L'image très nette d'une
bulle grasse et malsaine qui émerge, prête à crever.

Vingt-six

Les accidents de décompression prennent des aspects variés. Lorsque les bulles d'azote se dégagent dans les tissus, on constate des accidents cutanés (démangeaisons, éruptions, boursouflures) et des douleurs articulaires violentes, appelées « bends », qui apparaissent après le retour à la surface, et s'estompent au bout de vingt-quatre à quarante-huit heures.

L e doigt de Luc tremblait lorsqu'il a sonné au presbytère, à la brunante. Le gros traître a ouvert. Voyant à nos gueules funéraires que nous n'étions pas là pour nous empiffrer, il nous a guidés jusque dans son salon, une pièce terne et saturée de senteurs mystiques que n'égayaient guère un grand crucifix et diverses têtes de papes. Nous avons posé les fesses sur un vieux canapé de velours. Carrant sa propre masse dans un fauteuil assorti, le prêtre s'est informé du motif de notre visite. Luc n'était pas d'humeur à niaiser et, sans ambages, il a sommé Loiselle de lui dire où était sa mère. Le prêtre a fait celui qui ne comprend pas mais Luc a lancé sa première torpille, l'accusant d'avoir menti depuis toujours et révélant qu'il savait maintenant, qu'il n'ignorait plus que le curé était son vrai père. Le gros homme est devenu écarlate. Nous avons eu droit aux grands « bien sûr que non, voyons » et autres indignations du genre. Protestant avec des accents authentiques, le prêtre a demandé où Luc était allé chercher une idée pareille.

— Au Foyer des marins, que mon ami a répondu, et cette fois Loiselle a vraiment donné de la bande.

Pas facile pour un confesseur de se retrouver subitement de l'autre côté du tamis à péchés. Beaucoup moins confortable comme position. Qu'allait-il faire : jouer l'imbécile ou nous faire l'affront de nier encore ?

Nous avions élaboré une stratégie visant à lui dénouer la langue. Nous l'attendions au tournant du mensonge, le gros père, mais il a préféré passer aux aveux, ou plutôt aux excuses. Repentant et contrit, il a admis avoir dissimulé la vérité mais a prié Luc de croire que c'était pour son bien, afin de préserver sa quiétude, et avec l'intention de tout révéler plus tard quand il serait mature. Et il a enchaîné en évoquant l'obligation morale de taire parfois certaines vérités trop acérées. Il regagnait son assurance coutumière, le prêtre, et l'affaire tournait au sermon. Il avait sorti sa voix du dimanche, celle qui savait convaincre et apaiser, mais Luc trancha net ce beau discours : si Loiselle n'était pas son vrai père, qui alors ? Sortant un mouchoir, le prêtre s'est asséché les tempes en contemplant le plafond, comme pour appeler d'en haut quelque secours. Vaguement rasséréné, il nous a servi un laïus sur la responsabilité, le devoir et autres bêtises idoines. Il tentait de convaincre Luc que l'ignorance était préférable, qu'il valait mieux attendre qu'il soit plus mûr, mieux apte à comprendre. Évidemment, c'était lui qui avait un problème de comprenure. Espérait-il encore se débarrasser de nous avec ces paroles creuses ? Jugeant qu'il fallait augmenter la pression, nous avons tenu un conciliabule tactique en claquedent et décidé d'appliquer le plan de persuasion numéro un, qui consistait à menacer le prêtre de répandre à son sujet de fort désagréables rumeurs de pédophilie. Mais nous n'avons pas eu à user d'un tel procédé : alarmé par nos jeux de mâchoires cannibalesques, Loiselle a craqué. Se rendant compte que nous ne démordrions pas, il a cherché une dernière fois du regard la cavalerie angélique qui n'arrivait pas, puis il s'est ouvert la trappe, amorçant un récit qui remontait à treize ans en arrière.

Il a parlé de sa rencontre avec Chantal qui était fraîchement mariée au pêcheur Bezeau et nouvelle venue dans le village, une jeune femme pieuse qu'il confessait chaque dimanche et dont il était devenu le conseiller spirituel. C'était ainsi qu'il avait eu vent des problèmes du couple : l'alcoolisme de Bezeau, son caractère violent, et l'argent qui manquait. C'était pour ça qu'il avait offert à Chantal un boulot de ménagère au Foyer des marins. Bezeau s'y était d'abord objecté mais le prêtre s'était engagé à veiller sur elle et les avantages pécuniaires avaient apaisé l'orgueil du pêcheur. Chantal avait commencé son nouveau travail. Le prêtre s'occupait de la conduire au Foyer et de la ramener au village. Heureuse d'échapper à ses quatre murs, la jeune femme accomplissait sa tâche avec zèle. La situation monétaire des Bezeau se stabilisait, l'humeur du pêcheur aussi tendait à s'égaliser ; une année s'était écoulée ainsi. Puis était arrivé ce jour, et cette chose impensable, incompréhensible, terrifiante…

Un soir, revenant au Foyer après ses courses, Loiselle avait trouvé la pauvre Chantal dans la salle de billard. Elle avait été agressée par des marins qui lui avaient bandé les yeux puis s'étaient servis d'elle. Mais elle avait adjuré le prêtre de ne pas appeler la police. Elle avait refusé d'être conduite à l'hôpital. Surtout, elle ne voulait pas que son mari sache. Et Loiselle avait promis de ne rien dire. Ils avaient fait tous deux comme si rien n'était arrivé. Chantal faisait preuve d'une remarquable force ; elle semblait capable de surmonter l'épreuve, de s'en remettre sans séquelles apparentes, et peut-être la vie aurait-elle retrouvé son cours ordinaire si, quelques semaines plus tard, elle n'avait découvert qu'elle était enceinte. La jeune femme, ébranlée, était venue demander le soutien moral du prêtre. Craignant de révéler la vérité à Bezeau, elle envisageait de lui présenter l'enfant comme étant le sien, et Loiselle avait convenu qu'on pouvait, dans cette situation exceptionnelle, faire une entorse au vœu d'honnêteté devant prévaloir entre époux. Ils avaient donc pris ce risque : Chantal avait annoncé au pêcheur qu'il serait bientôt père, et l'immense fierté qu'avait alors manifestée Bezeau les avait confortés dans la certitude d'avoir agi pour le mieux.

C'était ainsi que Luc était né, et le prêtre l'avait baptisé en louangeant le ciel de si bien arranger les choses. Mais ces remerciements devaient s'avérer prématurés car, un mois plus tard, Chantal était venue le trouver dans un état proche de la panique, lui apprenant que son mari nourrissait des doutes quant à la légitimité de l'enfant. C'était à cause de son apparence singulière, ce drôle de regard oriental qu'il avait, ce teint foncé et ces cheveux de nuit qui avaient surpris le pêcheur au premier coup d'œil car ils ne correspondaient à rien de ce qu'on pouvait observer dans sa famille ou celle de sa femme. Bezeau posait sur le bébé un œil ombrageux et émettait de caustiques allusions aux fameux tests d'ADN. Chantal ignorait combien de temps elle pourrait encore feindre, et Loiselle l'avait écouté exprimer ses craintes d'autant plus attentivement qu'il nourrissait une inquiétude semblable : malgré leurs précautions, des rumeurs circulaient au port à propos de ce qui s'était produit. Il semblait que le viol avait eu certains témoins. Des bruits avaient filtré, et on ne pouvait exclure la possibilité qu'ils parviennent aux oreilles du pêcheur. Tout cela conduisait à une pénible mais incontournable obligation : à Chantal venue solliciter ses lumières, Loiselle avait conseillé de dire la vérité à son mari. Elle avait admis que c'était la seule chose à faire, à condition de trouver la force. Résolu à la soutenir jusqu'au bout, Loiselle avait offert de s'en charger, et avait convoqué le pêcheur.

Le prêtre n'avait plus besoin qu'on le stimule. Crayeux, encadré de sueur, il se soulageait d'un lourd fardeau de silence et les mots déboulaient, emportés comme par une débâcle de l'âme. Il racontait comment il avait reçu Bezeau dans ce salon même où nous étions. Comment, avec précautions, il lui avait révélé de quelles violences Luc était issu, illustrant les tourments qu'avait endurés sa mère, espérant éveiller la pitié du pêcheur. Et il pensait avoir réussi. Ce soir-là, reconduisant à la porte le malheureux Bezeau assommé de stupeur, il croyait sincèrement lui avoir fait comprendre où résidait son devoir de chrétien et d'époux. Mais c'était sous-estimer la paranoïa naturelle du pêcheur et, le lendemain, quand Loiselle s'était rendu chez le couple afin d'apporter son secours spirituel, un tout autre homme l'avait accueilli. Un homme ivre et démonté, malade d'orgueil pourfendu. Un homme véhément qui refusait de croire à l'innocence de sa femme. Il accusait Chantal d'avoir désiré l'étreinte collective, de l'avoir provoquée, et il soupçonnait même le prêtre d'y avoir participé. Il jurait qu'on l'avait trompé et promettait qu'il n'allait pas se laisser rouler ainsi. Loiselle avait tenté de raisonner le pêcheur, mais celui-ci avait brandi sa carabine et chassé celui qu'il croyait être à l'origine de son malheur. Le prêtre avait dû battre en retraite, laissant Chantal et son bébé éplorés. Il avait prévenu la police, puis prié pour que s'atténue le trouble de Bezeau et qu'avec le recul il en vienne à comprendre, à accepter. Mais la folie avait persisté et les choses n'avaient fait qu'empirer.

Aucun bon sens n'arrivait plus à pénétrer le crâne de Bezeau. Insensible à la détresse de sa femme et obsédé par l'aspect étrange de l'enfant, il sombrait dans l'alcool. Il rejetait l'ignoble bâtard et exigeait qu'il soit débaptisé. La maison était devenue un cloître où nul n'était admis, où Chantal était retenue prisonnière. Profitant des rares moments où le pêcheur allait en mer, Loiselle venait en cachette pour prier avec elle et la réconforter, mais la jeune femme dépérissait car elle vivait dans un climat étouffant de claustration et d'accusation perpétuelle. Des menaces étaient proférées à l'endroit de l'enfant : Bezeau jurait de lui tordre le cou et Chantal n'osait même plus dormir, craignant qu'il n'en profite pour passer aux actes et étrangler le bébé, ce fils qu'elle aimait malgré tout. Loiselle l'avait incitée à entrer en contact avec un centre pour femmes victimes de violence conjugale, à quitter le pêcheur et à s'installer en ville, mais elle semblait croire que c'était impossible, qu'il ne la laisserait pas faire, qu'il exercerait des représailles. Elle était dépassée. Le viol, la grossesse et la maternité, puis l'angoisse et l'insomnie, tout cela l'avait épuisée et plongée dans une dépression dont elle n'arrivait pas à se relever. Le malheur bouchait son horizon, l'empêchant de voir plus loin que l'heure prochaine, la survie immédiate, les soins à donner à l'enfant. Et le prêtre aussi finissait par se sentir paralysé, gagné par l'impuissance.

Une nuit de juillet, il l'avait trouvée à sa porte avec l'enfant, désemparée, mouillée des pieds à la tête. Elle était tuméfiée et terrorisée, incapable de dire ce qui s'était passé. Loiselle avait encore appelé la police, qui était venue cueillir le pêcheur et l'avait mis en détention préventive pour vingt-quatre heures. Luc et sa mère avaient couché cette nuit-là au presbytère et le prêtre avait tenté de secouer la léthargie de la jeune femme, mais son esprit était égaré. Broyée par les cruautés du pêcheur, elle en était venue à se croire coupable, seule responsable de son sort et de tout ce qui était arrivé. Elle pensait avoir mérité ce calvaire, et rien de ce que disait Loiselle ne parvenait plus à éclairer son âme écartelée. Elle avait passé la journée du lendemain à prier dans l'église. Elle paraissait résignée lorsque Bezeau s'était présenté en soirée pour réclamer sa famille, et elle l'avait suivi en silence. Le lendemain, la mer l'avait emportée…

Il n'y avait plus que le bruit du ressac à la fenêtre. Le prêtre s'était tu, et c'était la mer qui avait le dernier mot comme en cette nuit lointaine du passé de Luc, comme à chaque nuit du monde. Le prêtre avait enfoui son visage dans ses mains. Luc ne bougeait pas, statue aux poings crispés, Penseur rachitique aux yeux cointés de larmes, rigide incarnation de l'ankylose qui nous avait tous contaminés. Les secondes filamenteuses s'agglutinaient. Une poussière de temps roulait le long des murs. J'éprouvais le besoin d'exploser mais il y avait cette immobilité qui me pesait dessus avec la paresse d'un béton frais et m'enfonçait dans les craques du canapé, il y avait ce vide conquérant, ce silence digne de l'Égypte ancienne qui coulait comme une résine et nous capturait dans son ambre. Cette stase que rien ne semblait pouvoir rompre, le prêtre l'a fracassée en recommençant à parler. Il a déclaré

qu'il avait quelque chose à remettre à Luc. S'extir-
pant de son fauteuil, il a quitté la pièce. Nous avons
entendu protester les marches qui menaient à
l'étage, puis Loiselle est redescendu avec une enveloppe jaunie, expliquant qu'il l'avait trouvée dans
sa boîte le lendemain, un peu avant qu'on découvre les vêtements de Chantal sur la grève. Il
avait pensé attendre la majorité de Luc pour la lui
remettre, mais maintenant qu'il savait…

L'enveloppe, déjà ouverte, était adressée à Luc.
Elle contenait une lettre qu'il a parcourue des yeux
tandis que le prêtre exprimait sa compassion en se
tordant les mains, évoquant l'enquête qu'il y avait
eu et les témoignages démontrant que Bezeau avait
passé la nuit dans un bar de Villeneuve, ce qui évidemment l'innocentait. La lettre a glissé des doigts
de Luc. Son regard était celui d'un mort. J'ai ramassé
la lettre pendant que Loiselle continuait de parler
tout seul. C'était une lettre d'elle. Une lettre où elle
lui disait qu'elle l'aimait immensément, mais une
lettre d'adieu aussi, où elle expliquait qu'elle n'avait
plus la force de vivre. Elle regrettait de l'abandonner
ainsi et lui demandait de pardonner. Elle promettait
de veiller sur lui d'en haut, là où elle allait résider
désormais. Luc a émis un coassement et je l'ai senti
mollir à mon côté. Il s'est effondré dans mes bras
comme une guenille. Il était transparent, sidéral ; il
respirait à peine. Je l'ai appelé et secoué. Je voulais
obtenir de lui un quelconque signe d'intelligence,
mais il n'était qu'abîme et ne savait plus que gémir.
Le prêtre s'est jeté à ses genoux pour tenter aussi de
le ranimer, le privant stupidement d'oxygène. Et

comme s'il ne constituait pas déjà une nuisance suffisante, il a choisi ce moment pour céder à un accès de démence expiatoire : il suppliait Luc de parler, de répondre, et s'accusait d'avoir failli, et lui demandait d'excuser, de comprendre. Geignant comme un gros chien battu, il implorait son pardon et n'en finissait plus, trop débile pour s'apercevoir qu'il ne priait que le vide. Je l'ai sommé d'arrêter ses conneries et, comme ça prenait trop de temps, je l'ai poussé. Se redressant aussi sec, le prêtre a couru hors de la pièce en balbutiant. J'en ai profité pour soulever Luc, car il était urgent de l'emmener ailleurs, n'importe où pourvu que ce soit hors de cette vertigineuse maison de fou. Dans la cuisine, le prêtre échevelé nous attendait avec un plat de carrés aux dattes qu'il voulait faire manger à Luc pour le réconforter. Je lui ai gueulé après pour qu'il s'ôte de mon chemin et, je ne sais trop comment, nous nous sommes trouvés dehors.

Je me souviens des étoiles qui valdinguaient, du poids de mon ami sur mon épaule. Je suis descendu sur la plage. J'ai déposé Luc au pied d'une dune pour souffler et réfléchir. L'air salé lui a fait du bien, il respirait mieux et recommençait à bouger. Il bégayait des choses absurdes à propos de gardiens de phare effrontés, de cornes de brume qui n'arrêtaient pas de gémir, et de bélugas indignés. Au bout d'un moment il s'est mis à pleurer. Un vrai Niagara. Submergé, désâmé et béant, il appelait sa mère. On l'aurait cru téléporté sur une lointaine planète de souffrance. Il disait que c'était impossible, qu'elle ne pouvait pas être morte. Il refusait d'avoir tant cru en vain. Le récit du prêtre n'était évidemment qu'un paravent de mensonges ; quant à la lettre, c'était un faux rédigé par Loiselle lui-même pour le berner. Sa mère n'avait pas pu l'abandonner et aller ainsi se noyer. La mer ne l'aurait pas permis. Et d'ailleurs, il fallait bien qu'elle ait survécu puisqu'on n'avait pas retrouvé son corps ; n'était-ce pas une preuve, ça ? Mais pourtant il savait. Il s'accrochait des ongles à cette histoire de cadavre que la mer n'avait jamais rendu, mais ce n'était que le dernier spasme d'un espoir agonisant, car il savait bien, Luc, que les mères n'étaient pas comme les baleines, qu'elles ne venaient pas nécessairement s'échouer lorsqu'elles mouraient. Il savait que c'était petit, que c'était léger, une mère, que ça ne donnait guère de prise aux marées, que ça pouvait être appelé par le large et ne jamais revenir, que ça pouvait être emporté loin, profondément, et s'emmêler les cheveux aux goémons, et reposer parmi les anémones.

Je pleurais moi aussi, à cause de la contagion des larmes et autres secousses d'injustice. Jamais Luc ne verrait le visage de sa mère ni ne goûterait l'accueil de ses bras veloutés. Il ne déposerait jamais sur ses genoux ses jolis coquillages, ni ne se blottirait dans sa chaleur, ni n'entendrait les mots nacrés que seule sait dire une mère. L'amour était mort. Mais au moins il lui restait la haine, une haine que je sentais vibrer, que je pouvais nommer. La haine des pères, qu'ils soient vrais ou faux. La haine du Chien sale qui avait mordu l'amour à la gorge et qui ronflait en ce moment même dans la puanteur de la maison jaune. La haine de ce marin inconnu venu des confins pour violer l'amour avec ses vauriens d'amis, puis reparti sans savoir, sans même soupçonner la suite. Et la haine plus large encore d'un village qu'il faisait bon d'imaginer en flammes, d'un peuple de lâches qui avaient laissé dépérir l'amour sans rien faire. C'était quelque chose, la haine. On pouvait s'en nourrir. C'était mieux que rien ; au moins ça faisait une raison de vivre.

Luc se tarissait enfin et se berçait, robotique, tandis que la mer, cette voleuse, brillait sournoisement comme si de rien n'était. Exténué, Luc s'est lové au flanc de la dune. Je l'ai couvert de mon chandail et je me suis installé pour veiller. J'ai été content d'entendre bientôt clapoter son jargon de triton, car ça signifiait qu'il nageait avec ses semblables. Luc avait trouvé refuge dans les eaux familières du songe, et je savais que là au moins il échappait à la douleur. Pauvre vieux zouave. Pourquoi avait-il fallu qu'il sache ? Je regrettais qu'on ne l'ait pas trouvé sur la grève un matin, dans un moïse apporté par les vagues, sans aucun indice sur ses origines. Tout aurait été tellement plus simple et tant de malheurs auraient été évités.

La nuit changeait de robe. La lune se prêtait à une nébuleuse mascarade. J'avais l'intention de ramener Luc à la maison mais j'avais mal mesuré ma propre fatigue et j'ai canté moi aussi. J'ai fait un bizarre de rêve. Il y avait ce golfeur, celui que Luc dit apercevoir certaines nuits sur la plage. C'était un grand type maigre, coiffé de ténèbres, qui arrivait de l'ouest et arpentait le rivage d'un ample pas mathématique, pivotant comme un compas sur ses

jambes grêles d'échassier. Il s'arrêtait parfois et frap-
pait avec un driver de lumière des balles phosphorescentes qu'il expédiait très haut, parmi les étoiles.
Un pan de nuit cachait son visage, mais son élan
était généreux, et parfaits les arcs luminescents qu'il
traçait dans l'espace. Oh, cet impeccable swing du
joueur de golf…

Je me suis réveillé tout éberlué avec l'aube étam-
pée en pleine face. La nuit s'était défilée en douce,
et Luc aussi, ne laissant à mon côté que l'empreinte
de son corps. Mû par un mauvais pressentiment, je
me suis dirigé vers les Gigots, où je pensais le trouver. J'imaginais en marchant la pénible nuit
blanche qu'avaient dû vivre ma mère et mes
grands. Heureusement, je n'avais pas à passer devant la maison, où on devait guetter mon arrivée,
mais je ne pouvais toutefois éviter celle du Chien.
J'en étais encore à bonne distance lorsque le ma-
nège des mouettes a attiré mon attention. Elles
tournoyaient juste au-dessus de la roulotte, saturant
le ciel. Elles piquaient et s'abattaient en chamaille
sur le rivage comme pour se disputer quelques suc-
culents restes de morues. M'approchant, j'ai vu ce
qui les excitait tant : en effet, c'était un tas de tripes,
mais il ne pouvait s'agir de celles d'une morue ni
même d'un flétan. Il fallait que ce soit au moins les
entrailles d'un requin…

Luc dormait dans la grotte avec l'iguane sous le
bras. Ses yeux étaient ouverts mais pourtant il dormait. Couvert d'un sang qui n'était pas le sien, il rêvait et baragouinait en langue ftanide. Il tenait encore son couteau.

Vingt-sept

Le regard de Luc glisse sur le mien sans établir de contact. On dirait qu'il y a une fêlure au fond. En s'éveillant, il est allé se laver dans l'océan, se purifiant de tout ce sang séché sans en faire de cas, comme s'il s'agissait d'une saleté ordinaire. Il ne veut pas parler de ce qui s'est passé chez le Chien. D'ailleurs, ça n'a aucune importance à ses yeux. Pour lui, il s'agit déjà d'un incident mineur comparé à ce qui vient de se produire pendant qu'il rêvait. Car il est allé à Ftan.

Luc a atteint la Ville des vrilles. Il dit que c'est le résultat de son action dans la maison jaune : sans doute fallait-il que le Chien crève pour que ce soit possible. Mais la bête est vaincue et cette mort trouve sa justification puisque Luc a pu nager enfin dans les mouvantes allées de la Cité profonde. Il a vu Ftan et sait maintenant que la ville est une méduse cyclopéenne, une colossale physalie aux tentacules de laquelle s'accrochent comme des grappes d'œufs les outres lucides qui servent de maisons aux aquatiques. Il est entré dans Ftan, la vivante ville symbiotique que nourrissent les sirènes, et qu'elle protège en retour des prédateurs de l'océan. Ftan qui vous domine comme un ciel violacé avec ses monuments muqueux et ses minarets inversés qui serpentent au gré des courants, ses jardins d'anémones, ses parcs d'algues ondoyantes. Il a vu tout ça, Luc, et il s'efforce de me le décrire, mais la langue lourde manque de mots aptes à traduire la toute liquide beauté de Ftan. Il faudrait que je puisse emprunter ses yeux le temps d'un rêve. Lui-même n'a d'ailleurs visité qu'une infime partie de la Cité ; c'est à peine s'il a eu le temps d'en explorer les faubourgs gélatineux, car encore une fois le songe s'est achevé trop tôt. Mais il dit que son prochain rêve le mènera au cœur palpitant des vrilles, jusqu'au centre luxuriant où s'assemblent les tritons. Et en attendant, le soleil éprouve sa patience. Luc voudrait pouvoir le zapper, le passer en accéléré. Il sacre après cette journée poussive qui se traîne dans l'Anse. Il l'adjure de céder à la nuit florissante et aux avenues aléatoires de la sirénéenne Ftan.

Je ne sais que penser de tout ça. J'écoute Luc tandis qu'il s'efforce de détailler sa merveilleuse vision mais je reste hanté par l'image écarlate du Chien étripé. Combien de temps avant qu'on découvre le cadavre et qu'on sache ? Dois-je convaincre mon ami de se livrer ou le persuader de fuir au loin ? Ne faut-il pas plutôt dissimuler le corps, l'enterrer quelque part et effacer toutes les traces ? De toute façon, Luc ne m'écoutera pas. Il ne se sent pas concerné. Il déclare qu'il ne quittera plus jamais son refuge de l'Anse. Qu'il y vivra désormais avec l'iguane pour lui tenir compagnie et avec moi qui viendrai le voir quand j'en aurai envie. Il dit qu'il a la cascade pour s'abreuver et la mer pour tout le reste, qu'il n'a besoin de rien d'autre, qu'il sera bien, qu'il pourra peindre, rêver et mener en toute liberté la sauvage existence qu'il aime tant. Pauvre Luc, il se croit en sécurité dans l'Anse. Il s'imagine qu'on finira par l'oublier, qu'il échappera aux recherches et s'évadera hors du temps, mais évidemment il s'illusionne. Il sait pourtant que les policiers ont des chiens capables de vous renifler un zouave jusqu'au cœur des Gigots, qu'ils ont des bateaux, des hélicoptères et tout ce qu'il faut pour trouver quelqu'un, mais il s'en fiche. Que la carcasse du Chien pourrisse parmi les pièces de son maudit moteur, ou qu'on vienne le chercher si on veut, ça lui est égal. Il dit qu'il ne vivra plus que pour rêver et regagner Ftan. Rien d'autre n'a plus de sens ni d'importance.

La réalité n'est plus le problème de Luc, mais c'est encore le mien, et davantage à chaque minute car il y a une journée entière que nous n'avons pas mis les pieds à la maison. Maman doit m'éplucher en pensée, et je ne puis la laisser mariner plus longtemps dans l'angoisse. Il faut que je rentre. Je me demande comment justifier l'absence de Luc. On me questionnera et il faudra bien répondre quelque chose. Comment expliquer que mon ami a décoré la plage avec les tripes de son faux père, et qu'il se prend pour un poisson ?

❏

J'ai été raidement accueilli par trois faces de carême et j'ai affronté un véritable tribunal de famille. On m'accusait d'avoir voulu assassiner toute la maisonnée à coup d'anxiété. On exigeait de savoir où nous avions passé la nuit, Luc et moi, et pour commencer où se cachait mon complice au lieu de comparaître devant cette cour. J'étais bien en peine de répondre à cause du secret éternel juré sur les mystères de l'Anse, et j'ai inventé une maladroite histoire de camping improvisé, mais j'ai vite constaté que je ne faisais qu'aggraver mon cas. On m'a menacé de me cloîtrer dans ma chambre tant que je n'aurais pas vidé mon sac. Sachant que je n'aurais pas la force de mentir longtemps, j'ai décidé de m'ouvrir à ma mère et je lui ai confié en privé ce qui s'était passé. J'aurais donné cher pour lui épargner l'horreur de cette confession, mais il n'y avait pas moyen d'exprimer joliment les choses, et le choc a été brutal. J'ai illustré à Maman la détresse mentale où était Luc et j'ai plaidé l'urgence d'aller le rejoindre pour prendre soin de lui, mais elle était trop ébranlée. Elle a répondu qu'elle avait besoin de réfléchir et m'a envoyé au lit.

Il fait nuit maintenant et je n'arrête pas de penser à Luc. Que fabrique-t-il tout seul dans l'Anse ? S'inquiète-t-il de ne pas me voir revenir ? Croit-il que je l'ai abandonné ? Mais peut-être que je m'en fais pour rien : sans doute est-il déjà en train de rêver comme un têtard bienheureux à la Grande Méduse.

Vingt-huit

Maman est venue me trouver tôt pour m'annoncer sa décision : elle m'accordait vingt-quatre heures pour récupérer Luc, après quoi elle alerterait la police, mais j'ai promis que ce ne serait pas nécessaire et que je le ramènerais, dussé-je le lier dans un sac. Avec l'aide de mes grands, qui ne savaient rien mais qui imaginaient le pire, Maman m'a préparé un sac de nourriture, puis elle m'a fait ses dernières recommandations sur la véranda, me faisant jurer de ne commettre aucune imprudence, me chargeant aussi de transmettre un message à son petit clown : qu'il se souvienne que nous l'aimons tous, et revienne vite. Et après m'avoir frictionné de baisers, elle m'a laissé partir, l'air aussi inquiet que si je partais en mission dans une contrée lointaine et inexplorée.

J'étais résolu à extraire Luc de sa coquille. Ayant eu le temps de réfléchir durant la nuit, je m'étais persuadé qu'on n'aurait pas la cruauté d'incarcérer mon ami. On s'émouvrait au récit de ses misères et on ferait preuve de mansuétude. Peut-être même le confierait-on à notre garde, ce qui était sans doute la

meilleure solution. Je ressassais mes arguments tout
en cheminant dans les Gigots et je me faisais fort de
raisonner mon ami, mais j'ai bien vu en arrivant
que ce ne serait pas si simple, car un vent de zouaverie soufflait sur l'Anse. Luc était fiévreux, exalté, et
il m'attendait rien que sur une patte, pressé de m'annoncer qu'il avait enfin retrouvé sa mère.

Il dit qu'il l'a rencontrée à Ftan la nuit dernière,
et qu'elle est une sirène. Même qu'elle serait la
reine de la Cité et qu'elle l'aurait reçu dans son pa-
lais de byssus, au cœur des vrilles. Il dit qu'il comprend tout maintenant, qu'il a toujours su au fond,
et il se reproche d'avoir si souvent frôlé la vérité
sans oser l'admettre, si bêtement ignoré que ses
rêves étaient autant d'appels, de messages que lui
adressait sa mère par le truchement de l'iguane. Il
dit que tout prend son sens maintenant qu'il l'a
vue, lui a parlé, que tout est clair désormais, qu'il
sait enfin qui il est vraiment. Il affirme être né de
l'union forcée de cette jeune sirène royale et du
Chien qui l'aurait capturée une nuit dans ses filets.
Il dit qu'il est le fruit hybride, l'enfant de l'ignoble
étreinte, celui que sa mère mortifiée a dû se résoudre à abandonner sur le rivage après sa naissance. Il dit qu'il n'est pas Luc Bezeau mais Fngl
Mgl'Nf, le prince exilé de la Cité profonde con-
damné à ramper au pays des lourds à cause des gènes
étrangers qui lui interdisent la vie sous-marine.
Mais il déclare du même souffle qu'à cela il sera
bientôt remédié et qu'il peut déjà oublier l'amertume de sa contre-nature, car les légers viennent le
chercher : une escorte que sa mère aurait dépêchée

afin de le ramener auprès d'elle. Il dit qu'ils ne tarderont pas, qu'ils doivent déjà survoler les Grands Bancs, qu'ils fendent avec célérité la nuit phosphorique des eaux et pénétreront avant peu dans celles du Golfe. Il dit qu'ils arriveront à la septième marée et qu'ils l'attendront à l'île aux Œufs, ancien site d'un phare, sanctuaire d'oiseaux perdu au mitan du fleuve. Luc dit qu'il y aura parmi eux des mages qui sauront révéler la part de Ftan en lui et qui lui apprendront comment rompre la lourde chrysalide. Il dit qu'ils l'aideront à se métamorphoser, qu'ils recomposeront son être et en restaureront l'essence aquatique. Il dit qu'ils vont l'opérer afin qu'il puisse respirer librement dans l'eau, puis qu'il partira avec eux, qu'il les accompagnera sous l'océan et ira rejoindre sa mère. Il jure que c'est vrai, qu'il ira à Ftan, que Fngl sera bientôt rendu à son peuple.

Il est en train de larguer les amarres. Le filin d'amitié que nous avons tressé ensemble le rattache encore au monde, mais je lis dans son regard cave que même ce lien ne saura longtemps le retenir. Léger ou pas, il a certainement besoin d'un médecin, et je me suis employé à le convaincre de me suivre à la maison, mais autant patiner dans du gras de cretons. Même le message de Maman ne l'a pas ébranlé : il m'a seulement prié de lui expliquer qu'il ne peut courir le risque d'être capturé, qu'il a un rendez-vous qu'il ne peut différer avec sa propre mère. Mon ami est à la dérive. Le pire c'est qu'il paraît tout à fait raisonnable. Il dit comprendre mon scepticisme. Il reconnaît que tout cela est difficile à croire, que ça ressemble à du délire, et c'est pourquoi il me propose d'en juger par moi-même : il veut que j'aille avec lui à l'île aux Œufs. Il veut que je voie les légers de mes yeux, que j'admire leur puissante beauté, que je sache qu'ils sont bien réels. C'est là-bas, sur l'Île, qu'il me fera ses adieux, mais il ajoute qu'il ne faut pas craindre cette séparation, car nous resterons en contact grâce à l'iguane. D'ailleurs, il promet de venir souvent me visiter en rêve, et aussi en personne quand il pourra, au temps des grandes marées.

❏

Il était là, attendant ma réponse, pressé de savoir si j'acceptais de le suivre à l'île. J'ai envisagé de le maîtriser par la force, mais les chances de réussite étaient trop minces. Repoussant cette solution hasardeuse, j'ai demandé à réfléchir et, pendant qu'il allait jouer dans les vagues, j'ai consulté l'iguane. J'ai prié le lézard d'intervenir, d'interrompre au moins l'émission des rêves insensés qui troublent mon ami, mais le saurien se contente de sourire. Un sphinx des mers du Sud. Une Joconde tabassée aux yeux hantés de feux follets.

❏

Recueilli dans la grotte, j'ai senti ma pensée s'éclaircir et une conclusion s'imposer : puisque je ne puis ni raisonner Luc ni le contraindre, il faut que je l'accompagne. Je dois faire semblant de participer à sa folie.

❑

Je lui ai proposé un nouveau pacte : j'irais à l'île aux Œufs avec lui et je ne ferais pas obstacle à son départ avec les tritons, mais à condition qu'il promette de me suivre sans faire d'histoires si jamais ceux-ci manquaient au rendez-vous. L'arrangement lui a convenu – il est tellement sûr de son coup. Et là-dessus nous avons fait le crabe, mutuellement persuadés d'avoir conclu l'affaire du siècle. Beau marché de zouaves, en vérité.

❑

Je ne pouvais pas prévenir Maman de vive voix, car elle m'aurait empêché de repartir, alors je suis allé à la maison à la faveur de la nuit et j'ai glissé sous la porte une lettre rassurante où je lui demande de me faire confiance et de m'accorder encore trois jours. La première marée est au baissant. Il n'y a plus qu'à attendre la septième.

Vingt-neuf

Le temps coule sur l'Anse avec une onctueuse paresse tandis que Luc prépare son départ. Il a beaucoup à faire. Il a commencé par mettre de l'ordre parmi les centaines de feuillets où sont griffonnés ses haïkus en langue légère, puis il s'est dépêché d'achever sa fresque, la signant de fluides hiéroglyphes qui épellent en ftanique son nom et son rang. Maintenant, il se prépare à la métamorphose, et cette renaissance imminente occupe toute sa pensée. Il inscrit sur la plage des danses inédites, d'onduleuses chorégraphies rituelles, puis il s'accroupit au milieu de l'estran dans sa posture d'iguane et médite en produisant des chants de gorge qui font penser à ceux des Inuits. Encore cinq marées…

❏

Il ne dort plus, et pourtant il paraît n'éprouver aucune fatigue. Le sommeil l'ignore, mais de toute façon il n'en a plus besoin pour rêver : il est si solidement connecté à l'univers de Ftan qu'il lui suffit de clore les yeux pour y accéder. C'est ainsi qu'il peut suivre la course des envoyés de la reine, ces tritons majestueux qui viennent à lui dans un sillage de plancton effarouché. Et le soir, au-dessus du feu, il évoque la sirène bleutée qui règne sur les vrilles. Il traduit pour moi les douces conversations qu'ils ont ensemble. Puis il parle encore des magnificences de la Ville, de la vie bourgeonnante qui anime ses ruelles serpentines, des façons paisibles et des nobles vertus du peuple aquatique. Il me brosse de tout ça un tableau paradisiaque et je me prends au jeu, j'y crois ; c'est tellement beau, tellement plus simple. Je sais bien qu'il ne s'agit que d'une poésie fragile, chimérique inspiration d'un imaginaire débridé, mais à quoi bon en faire la remarque et lancer un débat stérile ? L'avenir proche se chargera d'apprendre à Luc que Ftan n'est qu'une construction de son esprit et, s'il faut pour ça que nous nous tapions le voyage jusqu'à l'île aux Œufs, nous irons.

❑

Il m'a fait cadeau de l'iguane. Ça le peinait de devoir quitter son vieux maître à rêver, mais comment pourrait-il l'emporter là où il s'en va ? J'ai promis de m'occuper du lézard, mais en vérité je me demande qu'en faire, car il ne me procure plus que des songes biscornus et incompréhensibles où des regards perçants d'oiseaux alternent avec de glauques visions d'épaves englouties. La machine à rêver serait-elle détraquée ? Une surchauffe, peut-être,

à cause de la boulimie onirique de Luc ? Quoi qu'il
en soit, je suis désormais responsable du reptile et
Luc m'a recommandé d'en prendre grand soin, car
il restera désormais le seul trait d'union mental
entre nous.

❑

Au montant de la quatrième marée, il y a eu une
brusque saute de temps. L'air a figé et le ciel s'est
fermé comme une bouche. Les nuages se sont mis à
bouillonner, le vent s'est mordu la queue et un orage
a éclaté, simple prélude à une plus ample colère.
Craignant que son départ puisse se trouver compromis, Luc s'est avancé à l'orée des vagues affamées et
il a improvisé un frénétique *makusham*. De l'entrée de
la grotte, je pouvais le voir gueuler dans le pandé-
monium et danser sous l'averse comme un faune
décervelé. Gargouille galvanisée qu'engluaient les
embruns, il injuriait les éléments convulsés : il leur
commandait de se soumettre et de s'apaiser tandis
que le photographiaient les éclairs. Il hurlait à la face
du chaos d'épouvantables adjurations. Il refusait de
s'incliner, car son identité et sa vie même étaient
dans la balance. Et enfin, comme la nuit s'allongeait,
il est parvenu à écarter la tempête. À la place, un
épais rideau de brouillard a couvert la mer exténuée,
mais Luc ne pouvait pas s'en plaindre puisqu'il
l'avait sans doute suscité lui-même à force de trop se
démener. Un effet secondaire.

Aucun souffle ne ridait plus l'océan, mais le temps
demeurait incertain. Luc n'a pas voulu risquer

d'attendre davantage. Après s'être recueilli une dernière fois auprès de l'iguane, il a donné l'ordre du départ. Nous avons quitté l'Anse et gagné les plages de Ferland sous le double couvert des brumes et de la nuit. Il fallait encore résoudre le problème de notre transport car, d'après les cartes, l'île aux Œufs n'émerge qu'à quinze kilomètres de la côte ; un peu loin pour nager. Mais Luc avait prévu le coup et, après m'avoir fait poireauter tout seul pendant une heure dans la purée dense qui enrobait la vieille jetée de Pointe-Rouge, il s'est amené à petite vapeur dans le Zodiac de ses amis plongeurs. Préférant croire qu'il avait obtenu la permission d'emprunter cet esquif sacré, j'ai sauté à bord et nous nous sommes enfoncés dans la panse lourde du brouillard sans même une boussole pour nous guider.

Trente

Dans le cas d'un dégazage dans le système nerveux central (cerveau, moelle épinière) se produit l'accident neurologique, qui survient le plus souvent à la suite d'une remontée trop rapide. Ce type d'accident peut être gravissime s'il n'est pas traité dans les plus brefs délais.

C'était bourré d'oiseaux. Il y en avait partout sur les hauteurs et dans chaque pore du front de l'Île, goélands et sternes, martins-pêcheurs, macareux, et aussi quelques albatros. Même autour de nous, ils flottaient comme des appeaux. Nous étions au pays des oiseaux. Ce n'était pas pour rien qu'on l'appelait l'île aux Œufs.

Après une journée d'errance dans le brouillard, nous arrivions. Après l'oubli, le nord étourdi, le dos de cette eau savonneuse malaxée à l'aveuglette, après le sentiment d'avoir dérivé sans fin comme des astronautes égarés, voilà que tout à coup elle avait surgi, l'Île, juste à la proue, crevant la ouate lourde comme un crâne moussu, proche déjà à s'y river le nez. Une tortue jurassique. Le cadavre de

King Kong tout près des côtes. Un homard géant
des âges anciens d'avant la télé. L'île aux Œufs,
notre île de Pâques personnelle, notre bout de Galápagos à nous seuls, jeunes disciples de l'iguane.

Le plus étrange à propos des oiseaux, c'était leur
silence. Pas un couac ne frisait, ni une plume
d'ailleurs. Engourdis, les oiseaux, abasourdis par le
rare spectacle de notre venue, surpris par notre audace de sans-ailes. Mais nullement intimidés cependant. Ils ne s'écartaient même pas de notre cap,
stupides jouets de baignoire que nous devions contourner; on aurait dit qu'ils voulaient nous inter-
dire le passage. L'Île elle-même était crue, sévère,
bardée de hautes figures ravinées. Toute en saillies
orgueilleuses et en failles, l'Île, fièrement juchée sur
ses flancs visqueux comme dans un élan figé, un
jaillissement primordial, une volonté d'agresser
l'horizontale paix des eaux. Nous avons survolé les
crocs pourris des récifs et autres écueils aux tour-
billonnantes chevelures d'algues. Évitant les bri-
sants et les remous sournois, ignorant ces yeux d'oiseaux ronds et fous qui nous dénudaient l'âme au
passage, nous avons doublé l'occident de l'Île. Et là,
sur une pointe mouchetée de guano qu'assaillaient
des hordes de démons griffus et postillonnants,
nous avons vu s'élever la forme haute et nimbée de
brume du vieux phare. Il devait y avoir longtemps
que son appel de Léviathan mélancolique n'excitait
plus les rorquals esseulés; ce plaisir avait été
usurpé par l'autre robot squelettique, le terminateur
fondu qui culminait un peu plus loin. Mais même
si ne le hantaient plus que les mouettes et les

fantômes des noyés, il continuait de se dresser, donjon farouche de l'anti-sud.

Le phare abandonné, c'était notre destination, le lieu du rendez-vous. À sa base, une langue de sable gris se laissait courtiser par la mer, et c'est là que nous avons accosté, pataugeant dans une eau grasse que chapeautaient de frileux casques d'écume. Nous n'avions pas besoin de parler. Nous n'avions rien à dire. Tandis que je m'occupais d'installer le campement, Luc est allé explorer la grève, puis il s'est perché sur un bout de roc pour fumer et deviner les intentions du temps. Sa face d'huître ne laissait transparaître aucun émoi, mais je savais qu'il trépignait à l'intérieur, à cause du flamboiement au creux de son regard asiatique.

❏

La mer a commencé de monter, nous acculant aux rochers, puis le jour a abdiqué et la nuit s'est insinuée. Le brouillard ne lâche pas. Afin d'en distiller les humeurs, j'ai fait un feu qui soustrait aux vapes opaques un dôme de clarté et, tandis que Luc gaspille ses pas aux alentours, je songe à Maman qui doit angoisser là-bas, au bout de la brouille, et à mes grands qui négligent sûrement le courrier du lendemain. Je donnerais cher pour être avec eux dans le salon de Grand-mère plutôt que sur cette sinistre planète de l'Île, mais je me console en me disant que la zouave odyssée touche à sa fin. Ce soir même, nous saurons la valeur qu'il faut accorder aux songes, et aux franges du matin nous regagnerons la

réalité ordinaire. Nous serons attendus. Sans doute
y aura-t-il la police à affronter, et quoi d'autre encore ? Saura-t-on écouter et comprendre ? Voudra-
t-on croire que tout est la faute du Chien ? Pourront-
ils mesurer la puissance des envoûtements du
golfeur, ceux qui depuis si longtemps ne sont plus
des enfants ? Mais demain, c'est bien loin pour Luc,
et il s'en fiche. Il a des soucis plus importants,
comme cette dure discipline de l'attente à s'imposer,
et toute cette cruciale nuit de la septième marée à
scruter. Demain, pour Luc, c'est un autre monde,
une autre vie.

Fatigué de traîner sur la grève son impatience de
loup-garou, il est venu s'accroupir près du feu. Il est
à vif ; il sursaute au moindre clapotis des eaux et
braque sa torche à tout bout de champ sur l'océan.
Il grille des cigarettes, et la fumée escalade ses traits
incandescents, lui faisant une crinière fugace. En
cette nuit de juillet de mes onze ans, je t'observe,
Luc Bezeau, et je m'interroge encore à ton sujet, toi
l'exilé, le mongol fier, le rêveur obstiné, toi mon
frère.

❏

Il chantait comme un Inuit, comblant de vibrations notre bulle de lumière, et je contribuais de
mon mieux à l'hypnotique rengaine. Une façon
d'abolir le temps et la conscience, d'anesthésier les
sens. La tension se relâchait et je bâillais sans plus
pouvoir m'arrêter, mais juste au moment où j'allais
vraiment cailler, Luc a cessé de chanter, se dressant,

sur le qui-vive. Quittant l'éblouissante proximité du
feu, il a fait planer sur la mer le rayon de sa lampe.
Il éclairait surtout les brumes, en vérité, mais tout à
coup la lumière a accroché quelque chose. Des
formes bougeaient à la surface. Et une terreur sacrée m'a pénétré, car ils arrivaient. Contre toute attente, voilà qu'ils émergeaient, ceux de Ftan, et leurs
corps luisants suaient dans la lourde… Puis, à
mieux regarder, je me suis aperçu que je me laissais abuser par l'ambiance fantastique du moment :
là où j'avais cru voir apparaître un cortège de tritons, il n'y avait que des branches qui émergeaient.
Un arbre tout entier apporté par la marée, un arbre
arraché de la rive d'un monde où nul n'avait la pré-
tention de commander aux tempêtes. Luc a éteint
sa torche. Il est revenu auprès du feu. Il n'avait plus
le cœur à chanter.

Peu après s'est levé un vent du sud qui a gonflé
la mer et balayé le brouillard. La nuit est maintenant pure, parfaitement nettoyée, et sous l'asep-
tique raison des gemmes qu'elle charrie, il devient
difficile de croire à la magie. Jamais la marée ne
sera plus haute. La pente des heures s'inversera
bientôt, et Luc fume comme une machine. Il est sur
le point d'exploser à force de vouloir à tout prix
qu'il se passe quelque chose.

❏

Il devait être environ minuit lorsque Luc a entendu l'appel. Comme une rumeur que roulaient les
vagues, et aussi un son de conques. Je ne percevais

rien de tel, mais lui prétendait qu'il entendait clairement ces choses. Transfiguré, il a affirmé qu'ils étaient là, non loin de la rive, rassemblés au fond parmi les épaves d'anciens navires de guerre, mais qu'ils n'allaient pas se montrer. Prudents par nécessité, ceux de Ftan se garderaient de faire surface, mais ils étaient bien là et ils l'attendaient. Ils voulaient qu'il aille à leur rencontre. Et Luc n'allait sûrement pas les décevoir. D'ailleurs, il avait tout prévu : sautant dans le canot, il a soulevé le panneau du coffre, qui contenait un scaphandre, celui de Luigi, avec toute la quincaillerie. Ébahi, je l'ai regardé faire tandis qu'il enfilait la combinaison de néoprène et repliait les manches trop longues. Puis je me suis secoué, car il fallait intervenir, et j'ai tenté de lui illustrer les dangers que comportait une telle plongée nocturne, surtout pour un novice. J'insistais, et j'en mettais encore, car je voulais qu'il comprenne et admette le bon sens. Je l'assurais qu'il n'y avait aucune conque là-dessous, et encore moins de tritons, que c'était son imagination et rien d'autre, mais je gaspillais ma salive ; j'aurais eu de meilleures chances de raisonner la mer elle-même. Luc a chaussé ses palmes et attaché à sa jambe un poignard dentelé, puis il a endossé sa bonbonne et j'ai su que je ne pourrais pas le retenir : les envoyés de sa mère l'attendaient, et même sa propre peur ne le ferait pas reculer. Il m'a expliqué qu'il n'avait pas le choix, qu'il devait aller voir, ne serait-ce que pour en avoir le cœur net. Il a précisé qu'il disposait d'une heure d'oxygène et m'a promis de revenir avant qu'elle soit écoulée. Ses yeux de seiche pétillaient d'excitation derrière la vitre de son casque, et je me suis tu, vaincu par son inflexible vouloir.

Il refusait d'être encordé ; il voulait que rien n'entrave sa liberté de mouvement et je n'ai pas tenté de m'insurger contre cette ultime imprudence. Titubant dans son scaphandre, il a enjambé les premières vagues et s'est avancé dans l'eau jusqu'à la poitrine, puis il a allumé sa torche et mordu l'embout. Après m'avoir fait un petit salut, il s'est fondu dans l'encre, disparaissant aussitôt. Il n'y avait plus que la double nuit des cieux et des eaux, cet épais sandwich de ténèbres, cette immense solitude. J'avais l'âme déserte. J'ai alimenté le feu à pleines brassées : je voulais qu'il soit gros et cuisant pour le retour de mon ami, car il aurait besoin de toute cette chaleur. Puis, comme à retardement, j'ai compris que Luc ne reviendrait probablement pas. Alors la peur m'a pris, le genre de peur qui vous envahit par les extrémités et vous glace au fur et à mesure. J'ai décidé d'agir, d'aller immédiatement à la recherche de Luc, et j'ai poussé le canot dans les vagues. Je n'osais pas utiliser le moteur par crainte de heurter mon ami ou de le réduire en charpie, et c'est à la rame que j'ai repoussé le rivage. Penché sur le plat-bord, j'ai sondé des yeux la noire et mouvante masse des flots tandis que s'épuisait chaque précieuse minute d'oxygène.

Le vent forcissait, creusait la houle, déplaçait des montagnes de ténèbres, et mon esquif rapetissait sous moi, paraissant de plus en plus fragile. Je n'avais pas de montre, mais je n'en avais pas besoin pour savoir que l'heure était écoulée. Pourtant, je continuais de radiographier la gastrique étendue des eaux, espérant encore voir surgir Luc. Et alors que j'allais me résigner à regagner l'île, ma persévérance a été récompensée : un reflet de lune a révélé un objet brillant, à peut-être cent brasses. J'ai démarré le moteur et foncé sur cette chose jaune qui flottait au fil de la houle ; c'était la bouée de secours du scaphandre de Luc.

Il était comme une guêpe noyée, inerte, inconscient. Je l'ai hissé à bord, non sans peine, car il pesait autant qu'un flétan, et j'ai retiré son masque. Il respirait, mais du sang coulait de ses narines. Je l'ai installé à la proue puis j'ai mis le cap sur la côte à pleins gaz. Ferland était au nord. J'ai trouvé la Grande Ourse, suivi la Polaire. Enfin j'ai aperçu les feux du village, ce pointillé d'étoiles basses sur la ligne des eaux, et j'ai visé au centre de cette galaxie plate, là où se trouvait la maison du Dr Lacroix. Nous étions encore loin de la côte lorsque Luc a repris conscience. Il était en proie à la confusion, grelottant, mais encore assez fort pour s'insurger quand il a appris notre destination. Comme si on l'avait électrocuté. Il m'a ordonné de faire demi-tour. Il voulait que je le ramène à l'île et que je le remette à l'eau. Mon refus l'a rendu fébrile, nerveux comme une couleuvre ; faisant tout à coup preuve d'une énergie insoupçonnée, il s'est jeté par-dessus bord, l'impossible enfant de zouave, et sans bouée cette fois. J'ai viré bout pour bout en sacrant et j'ai réussi à l'attraper par les cheveux juste avant qu'il coule pour de bon. Le repêcher encore une fois m'a mis hors d'haleine, mais lui par contre semblait en meilleure forme qu'avant. Il était bien réveillé maintenant, et alerte. Son plongeon l'avait assagi. Il n'exigeait plus de retourner à l'île aux Œufs. Il voulait seulement que nous allions à l'Anse et, comme il semblait vraiment aller mieux, j'ai accepté ce compromis. Empoignant la barre, je nous ai propulsés comme un gros bourdon vers l'ombre massive des Gigots.

Dès que le canot s'est échoué au flanc de l'Anse, j'ai su que j'avais sous-estimé la gravité de l'état de Luc. Il était paralysé sur place, incapable de bouger. Il a fallu que je l'aide à descendre du Zodiac. Ses jambes refusaient de le porter et il s'est effondré, poignardé par des crampes violentes. Je regrettais de n'avoir pas suivi ma première idée. J'ai proposé de le conduire chez le docteur mais il n'a rien voulu savoir et s'est mis à ramper sur les coudes vers la grotte. Je l'ai porté à l'intérieur et je l'ai étendu auprès de l'iguane. Les crampes semblaient s'atténuer. Elles s'espaçaient en tout cas, et il a pu bénéficier d'un moment de répit. Mais dix minutes plus tard, il était fiévreux, halluciné, et il a commencé à délirer tout haut. Il disait que là-bas, tout au fond, il avait vu ceux de Ftan avec leurs brillantes lances de nacre, qu'il avait nagé à leur rencontre parmi les épaves couvertes d'anatifes et les avait trouvés, ces gracieux lamantins aux habits de lumière. Ils avaient formé autour de lui un cercle phosphorescent et l'avaient salué avec révérence, puis ils s'étaient penchés sur lui et avaient accompli leur magie chirurgicale. C'était à cause de ça, les crampes, la douleur. Il s'agissait des

premiers symptômes de la métamorphose. Son
corps allait se transformer, sa vraie nature serait révélée, et c'était une mutation qui ne pouvait s'accomplir sans quelques souffrances.

La fatigue lui enfonçait les yeux et il s'est évadé
dans un sommeil sismique, murmurant dans le
langage des sirènes. Pour autant que j'en puisse juger, il discutait avec sa mère.

❏

Une aube pointue explorait les entrailles de la
grotte et me chatouillait les cils. Dehors, il y avait au
moins un million de mouettes qui criaient, mais ce
qui a achevé de me réveiller, ce sont les râles de
Luc. Il allait mal. Il se tordait, gémissait, frémissait de
partout. Son nez saignait et son œil gauche était un
globe écarlate. Il n'arrivait plus à bouger. Il ne pouvait même pas parler. Mais il était encore capable
de claquer des dents, et c'est en morse qu'il m'a dit
de ne pas avoir peur : Métamorphose − Pas vraiment mourir − Changer − Ramène Zodiac − Em-
brasse ta mère − Prends soin iguane − Je t'aime −
Dépose-moi dans l'eau − Au large − Nécessaire
pour achever métamorphose − Pas oublier − Important − Merci ami − Au revoir.

Ses membres arqués étaient secoués de spasmes.
Vraiment, on aurait dit que son corps s'efforçait de
changer de forme, qu'il cherchait à se désarticuler
pour adopter une configuration nouvelle, mais son
visage pourtant était éclairé d'un sourire qui le faisait presque beau. Son souffle est devenu irrégulier

et j'ai compris que la vie s'échappait de lui, expulsée à chaque soubresaut comme d'une artère ouverte. Je me suis catapulté dehors pour préparer le canot, faire le plein d'essence et fabriquer une couche de fortune avec des gilets de sauvetage. C'est alors que j'ai été frappé par le silence. Les mouettes s'étaient tues. Perchées partout sur les corniches avoisinantes, elles m'épiaient. J'ai sursauté lorsque la première a battu des ailes et s'est envolée. Une autre l'a suivie, puis une troisième, et encore une, et il ne leur a fallu à toutes que quelques secondes pour se disperser aux quatre coins du ciel. Je suis resté là un moment à les regarder se miniaturiser dans le lointain, puis je suis rentré dans la grotte. Je savais déjà que Luc avait cessé de souffrir.

Il s'est évadé. Il a trouvé la paix. Les yeux béants, il contemple le plafond de roc où sont peintes les splendeurs de Ftan, et il semble saisi d'un étonnement sans bornes. On dirait qu'il a été emporté en plein milieu d'une extraordinaire vision, d'un rêve assez sublime pour justifier qu'on en meure.

❏

J'ai laissé passer la journée pour plus de certitude. J'ai attendu le crépuscule puis j'ai entrepris d'accomplir sa dernière volonté. Je l'ai revêtu de ses plus beaux habits zouaves et j'ai noué à ses membres ses colliers, ses bracelets préférés, puis je l'ai enveloppé avec l'iguane dans un linceul d'algues vives. La nuit était telle qu'il l'aurait aimée, chaude, parfaite, dominée par une lune géante, effleurée par une brise qui fronçait à peine l'épiderme des eaux. C'était une offrande des tropiques, un hommage qu'ils lui rendaient ; pour un peu des palétuviers se seraient mirés dans l'Anse. J'ai déposé Luc dans le Zodiac et, après avoir dépassé les cayes, j'ai coupé au sud.

Oublié par la côte, j'ai arrêté le moteur. Et une fois le canot immobilisé au bout de son erre, j'ai soulagé Luc de sa lourdeur. Il a glissé par-dessus bord, troublant le firmament au fond du sombre miroir, mais il ne s'est pas enfoncé tout de suite. Il n'était plus si pressé de plonger, tout à coup. Il a flotté un moment, lambinant à la lisière des mondes, puis il a coulé lentement, en commençant par la tête, comme en souvenir du *Titanic*. J'ai plongé une torche étanche sous la surface afin de suivre sa molle descente de feuille morte. Il s'éloignait en oscillant comme dans une huile iridescente où se mouvaient des formes. Le soleil des tropiques ne blanchirait pas ses os, après tout. Ils orneraient plutôt les grands fonds. Ils décoreraient la tanière d'une murène, et c'était bien ainsi. Il semblait juste qu'à la fin de toute chose Luc puisse réaliser son vœu de se fondre dans l'océan, et qu'il aille la rejoindre, cette mère tant cherchée. Les ténèbres ont fini par l'avaler. J'ai éteint ma lampe mais je suis resté encore penché sur les flots, souhaitant peut-être surprendre l'apparition d'une autre sorte de lumière qui aurait percé l'intime secret de l'onde, une phosphorescence qui se serait élevée des profondeurs pour accueillir mon ami. Mais rien n'émanait de l'abîme. Le prodige n'aurait pas lieu.

Et pourtant… Plus tard, alors que je dormais pour la dernière fois dans la grotte, j'ai rêvé de Luc. Je le voyais sombrer dans le ventre des eaux tandis que des myriades de lançons accompagnaient sa descente et se nourrissaient de lui. Tels de gentils piranhas, ils le butinaient et rongeaient ses chairs, les sculptant de leurs dents minuscules. Ils remodelaient son corps, en exprimaient une forme neuve et pure, fuselée. J'entendais une rumeur harmonique, un chœur sourd et puissant, et maintenant je la voyais monter, cette abyssale luminescence. Car une comète sous-marine arrivait, escortée de baleines, de poulpes et de requins harnachés que chevauchaient en chantant ceux de la Grande Méduse.

Réjouissez-vous, légers et sirènes. Oui, chantez sous la mer, vous, les profonds, car voici Fngl Mgl'Nf. Acclamez-le, tritons, louangez-le et faites vibrer les conques, car il est enfin de retour, le prince de la Ville des vrilles.

Cet ouvrage
composé en Post Mediaeval corps 10,5
a été achevé d'imprimer
en septembre deux mille trois
sur les presses de

AGMV
Marquis

Cap-Saint-Ignace (Québec), Canada.